M. R. James

Adaptação de **Donaldo Buchweitz**

OS CINCO JARROS

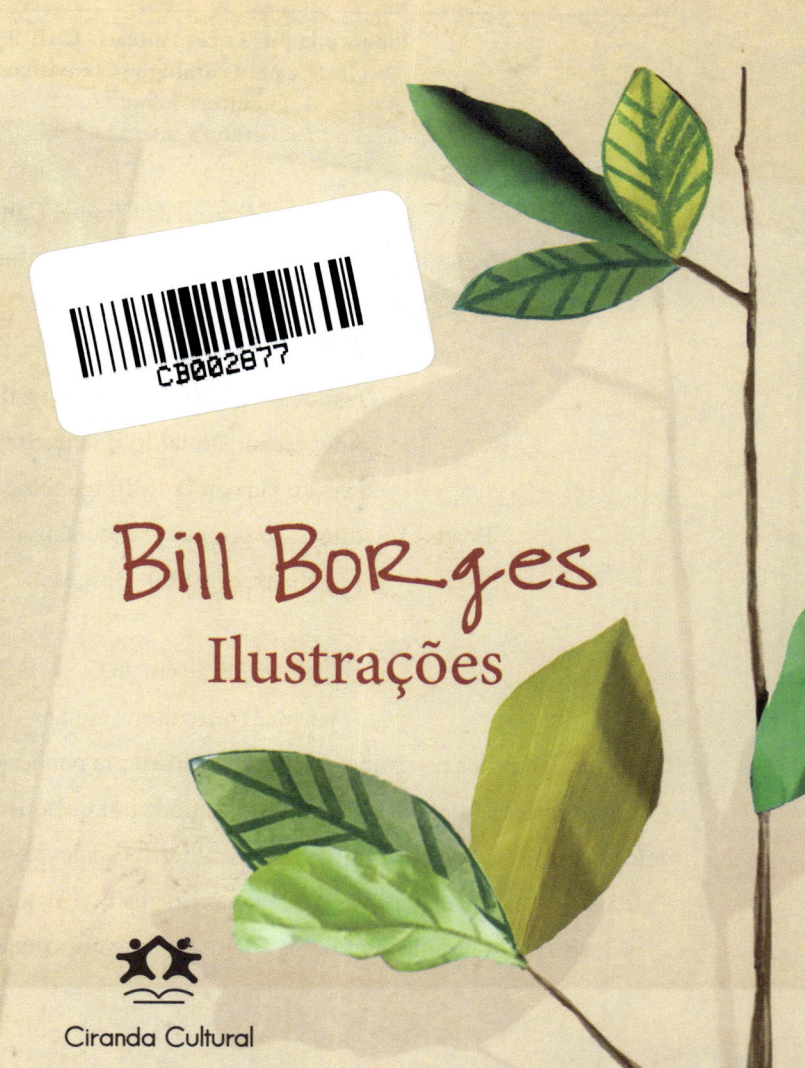

Bill Borges
Ilustrações

Ciranda Cultural

Dados Internacionais de Catalogação na Publicação (CIP) de acordo com ISBD

J27c   James, M. R.
          Os cinco jarros / M. R. James ; ilustrado por Bill Borges ; traduzido por
       Marcos Malvezzi Leal ; adaptado por Donaldo Buchweitz. - Jandira, SP :
       Ciranda Cultural, 2025.
          64 p. : il.; 20,5 cm x 27,5 cm - (Clássicos da literatura mundial).

          Título original: The five jars.
          ISBN: 978-65-261-2203-7

          1. Literatura infantil. 2. Mistério. 3. Descoberta. 4. Curiosidade. 5. Magia.
       6. Carta. I. Borges, Bill. II. Leal, Marcos Malvezzi. III. Buchweitz, Donaldo.
       IV. Título. V. Série.

2024-2488   CDD 028.5
                                                                 CDU 82-93

Elaborada por Lucio Feitosa - CRB-8/8803
Índice para catálogo sistemático:
1. Literatura infantil 028.5
2. Literatura infantil 82-93

Esta é uma publicação da Ciranda Cultural
© 2025 Ciranda Cultural Editora e Distribuidora Ltda.

Texto: M. R. James

Tradução: Marcos Malvezzi Leal

Adaptação: Donaldo Buchweitz

Revisão: Fernanda R. Braga Simon

Produção editorial e projeto gráfico: Ciranda Cultural

Ilustrações: Bill Borges

1ª Edição em 2025

www.cirandacultural.com.br

SUMÁRIO

1 A DESCOBERTA

Minha querida Jane,

Lembro-me de que ficou intrigada quando eu lhe disse que tinha notícias das corujas; ou, se não estava intrigada (pois sei que tem alguma experiência com essas coisas), pelo menos ansiosa para saber exatamente o que aconteceu. Talvez agora seja o momento de descobrir.

Foi pura sorte e nenhuma habilidade de minha parte que me colocou no caminho certo; sorte e disposição para acreditar em mais do que eu via. Prometi não escrever o nome da floresta onde tudo aconteceu: isso pode esperar até nos encontrarmos; mas lhe contarei todo o restante.

É uma floresta com um riacho bem na entrada. A água é âmbar e cristalina. Do outro lado, há campos abertos e, depois deles, uma encosta repleta de carvalhos. O riacho é ladeado por amieiros que lhe fornecem uma boa sombra. O sol penetra por alguns pontos e projeta luz entre as folhas.

Cheguei ao campo com a intenção de me sentar diante do riacho e ler. A única mudança que fiz em meus planos foi que, em vez de me sentar, deitei-me; e, em vez de ler, dormi.

Você sabe que às vezes, embora seja extremamente raro, a gente vê algo em um sonho que tem certeza de que é real. Foi o que me aconteceu naquele dia. Sonhei apenas com uma planta. Eu a vi crescer sob uma árvore: apareceu na imagem um pedaço da raiz de uma árvore, nodosa e cheia de musgo, e com três orifícios que pareciam olhos, buracos redondos circundados de musgo. Não tinha nem flores nem frutas e crescia rente ao chão. Parecia consistir em um círculo de seis folhas espalhadas e retas, com nove pontas em cada uma.

Como já disse, vi tudo isso com muita clareza. O sonho se fixou em minha mente como uma fotografia, e tive certeza de que, se algum dia deparasse com aquela raiz e aquela planta, iria reconhecê-las.

Quando acordei, permaneci deitado na grama, com muita preguiça, a pouco mais de meio metro do riacho, ouvindo o som da água, até que, dali a alguns minutos (se comecei ou não a cochilar de novo, não importa), o ruído parecia de palavras e dizia "siga para cima... siga para cima..." um número incontável de vezes. Quando, por fim, me levantei, plenamente desperto, comecei a seguir a orientação que o riacho dera. Então, em vez descer pela trilha ao longo dele, subi. O caminho me levou pelos campos abertos, mas sempre rente à entrada da floresta. De vez em quando, eu ainda ouvia o mesmo som peculiar que lembrava as palavras "siga para cima".

Não muito tempo depois, cheguei a um local de onde saía da floresta outro riacho e desembocava no primeiro. No ponto em que os dois se encontravam, havia não exatamente uma ponte, mas um tronco atravessado, e outro menor servindo de corrimão, como se fosse uma ponte. Sobre esse tronco, uma pessoa poderia passar sem dificuldade. Foi o que fiz, sem pensar muito. Quando cheguei à borda, não tive mais dúvida: a água dizia "siga para cima... siga para cima", ou mesmo "trilha acima...", porém de modo muito mais claro do que o outro. Atravessei-o e segui alguns metros acima do primeiro riacho. Antes de se encontrar com o outro, não dizia nada. Voltei até o segundo riacho: falava com muita clareza, como se fossem palavras impressas.

Embora me preparasse para encontrar coisas incomuns – em especial a planta, na qual não parava de pensar –, não vi nada de peculiar, exceto as palavras que a água repetia. Logo alcancei uma margem íngreme, um súbito aclive. De repente, além de "trilha acima", que eram as palavras constantes em vez de "siga para cima", ouvia de vez em quando "tudo certo", num tom de encorajamento. Ainda assim, nada havia de extraordinário à volta, por mais que eu olhasse.

A caminhada pelo aclive foi longa. Havia no topo uma espécie de platô, uma área bastante plana, parecida com um terraço, com grandes árvores seculares aqui e ali, a maioria carvalho. O riacho terminava em uma fonte de água limpa e intocada.

Cinco ou seis carvalhos se erguiam em um semicírculo, e no meio do terreno plano à frente deles havia uma lagoa quase perfeitamente redonda, com cerca de um metro e oitenta de diâmetro. No meio, o fundo era de areia clara, que se erguia continuamente em montículos ovalados, para logo em seguida descer novamente. Aquela era a terma mais cristalina que eu já vira, e eu poderia passar horas ali, observando-a. Sentei-me e fiquei olhando a lagoa por algum tempo, sem pensar em nada. De repente, porém, comecei a pensar que talvez aquela água também quisesse dizer alguma coisa. Claro que não podia ser "trilha acima", pois a trilha acabara ali. Prestei atenção, curioso. Fazia menos barulho do que o riacho, pois era mais funda. Tive a impressão de que talvez dissesse algo e baixei a cabeça até quase a superfície da água. Se não estivesse enganado, as palavras eram "colha, colha...", "pegue, pegue".

Levantei-me e comecei a olhar as raízes dos velhos carvalhos ao redor da fonte. Não, nenhuma das raízes daquele lado que dava para a água era parecida com a que eu vira. Mesmo assim, tinha a forte impressão de que aquele era o lugar certo, o local onde estaria a planta. Caminhei, então, até atrás das árvores, indo com cautela da esquerda para a direita, no rumo do sol.

Incrível! Atrás do carvalho do meio vi as raízes do meu sonho, com o musgo e os buracos que pareciam olhos. Entre elas, a planta. Fiquei surpreso de ver aquele verde extraordinário.

Hesitei tocá-la. Na verdade, retornei à fonte e parei para escutar, pois queria ter certeza de que dizia alguma coisa. Sim, as palavras eram "pegue, colha...". Mas havia outra palavra que, a princípio, não consegui entender. Deitei-me, pus a mão em concha ao redor do ouvido e prendi a respiração. Era alguma coisa com "árvore". Impaciente, falei em voz alta:

– Olhe, sinto muito, mas não entendo o que você quer dizer.

Imediatamente, um borrifo de água me atingiu na orelha, e ouvi, perfeitamente claro: "Peça à árvore".

Levantei-me em um salto.

– Desculpe-me – disse. – Claro. Muito obrigado.

E a água continuou a repetir:

– Pegue, pegue, tudo certo, molhe, molhe...

Após refletir sobre como cumprimentar o carvalho, voltei-me, parei diante dele e, após tirar o chapéu, falei:

– Carvalho, humildemente peço sua permissão para pegar a planta verde que cresce entre suas raízes. Se cair uma bolota nesta minha mão direita – estendi a mão –, interpretarei sua resposta como sim. E lhe agradeço.

A bolota caiu diretamente na palma da minha mão.

– Obrigado, carvalho. Bom crescimento para você. Colocarei a bolota no local de onde eu colher a planta.

Com muito cuidado, toquei no caule da planta – que era muito curto, pois crescia rente ao solo – e o puxei. Para minha surpresa, saiu fácil como um cogumelo. Tinha um broto redondo e limpo, sem pequenas raízes, e deixou um buraco perfeito no solo. Lá, como prometi, pus a bolota e a cobri de terra. Acho bastante provável que se torne uma segunda planta.

Lembrei-me, então, da última palavra da fonte e voltei para molhar a planta nela. Levei um tremendo susto ao fazer isso, e por sorte segurava-a com firmeza, pois, quando a planta tocou a água, agitou-se em minha mão como um peixe ou uma salamandra e quase escapou. Mergulhei-a três vezes e tive a impressão de que ela diminuía em minha mão. Realmente, quando olhei de novo, vi que a planta tinha fechado as folhas e se enrolado. Parecia um bulbo. Enquanto a via daquele jeito, a água mudou a instrução, dizendo: "já chega, já chega".

Achei que era hora de agradecer à fonte a ajuda, embora até aquele momento ainda não soubesse o que fazer com a planta, ou para que serviria.

Aproximei-me, então, e disse da maneira mais polida possível quanto eu lhe era grato, e que, se precisasse de meus serviços, eu teria imenso prazer em ajudá-la. Ouvi com atenção, pois me parecia natural que viesse uma resposta.

E veio. Ocorreu uma mudança brusca no som, e a água disse, de forma clara e rápida: "Prata, prata, prata, prata". Pus a mão no bolso. Por sorte, tinha vários xelins, moedas de seis pence e meias coroas. Achei que o melhor seria oferecer tudo; então, pus o dinheiro na palma da mão direita e mergulhei-a na água. Abri a mão bem em cima do movimento oscilatório da areia. Por alguns segundos, a água passou pelas moedas de prata sem fazer nada; entretanto, elas pareciam ficar mais brilhantes e limpas. De repente, um dos xelins deslizou, desimpedido, e depois outros e uma das moedas de seis pence. Esperei, mas nada mais aconteceu; e a água pareceu se retirar e afastar de minha mão, enquanto dizia: "tudo certo". Levantei-me.

As três moedas no fundo da lagoa pareciam mais reluzentes do que qualquer moeda nova que já vi. Aos poucos, e sempre no mesmo lugar, pareciam crescer. Os xelins pareciam meias coroas, e a moeda de seis pence, um xelim. Pensei que podia ser ilusão de óptica por causa da água, mas percebi que não se tratava disso, pois as moedas continuaram a crescer e ficar mais finas, até se converterem em uma camada de prata que cobriu todo o fundo da lagoa. Era uma cena bonita, e passei algum tempo imóvel, ouvindo o som e contemplando o fundo da lagoa.

Você pode estar se perguntando o que eu havia feito com a planta. Quando dei a prata à fonte, já havia enrolado a planta cuidadosamente em meu lenço de seda e guardado no bolso do colete. Tirei o lenço e, por um momento, temi que a planta tivesse sumido. Mas não. Encolhera até o tamanho de uma bolinha verde-esbranquiçada. Achei que deveria perguntar à fonte o que fazer com a planta e qual melhor dar a ela.

O revestimento prateado da fonte deixava as palavras muito mais fáceis de serem compreendidas, pois ouvi claramente: "Engula, engula, engula".

Obediência imediata, cara Jane, sempre foi meu lema, por isso agachei-me, enchi a boca de água da fonte e pus o minúsculo bulbo na boca. Instantaneamente a planta ficou macia e desceu pela garganta. Que estranho! Não tenho ideia de seu gosto.

– Devo fazer mais alguma coisa? – perguntei novamente à fonte.

– Não, não, não, não. Você verá... Adeus... Adeus – foi a resposta.

Agradeci mais uma vez à fonte e me despedi. Acrescentei, porém, que esperava visitá-la novamente.

Virei-me e observei a paisagem à minha volta, imaginando que, após ter engolido a planta misteriosa, talvez visse algo diferente.

A única coisa que notei foi que todas as árvores estavam repletas de pássaros das mais variadas espécies.

Se você se lembra, mencionei que o terreno parecia um terraço plano no topo de um aclive íngreme. De uma das extremidades, esse terreno descia até a floresta, mas na outra havia uma pequena colina com mato denso atrás. Fiquei curioso e tive o impulso de caminhar naquela direção. Enquanto andava, olhei para o chão e notei algo estranho: as raízes das plantas e da grama pareciam mais visíveis do que de costume.

O caminho até o monte não era longo. Ao chegar, perguntei-me por que fora até lá. Não havia nada diferente ali. Mesmo assim, continuei a subir e, por fim, vi algo incomum: uma pedra chata e quadrada diante de meus pés. Cutuquei-a com a ponta do cajado, que não pareceu tocá-la; aliás, nem fez barulho algum. Tentei de novo e vi que o cajado realmente não tocava a pedra. Levei as mãos até a pedra, e pareceu-me ser grama e terra. Por fim, compreendi. A planta que eu havia engolido me permitia ver o que estava debaixo do solo!

Eu sabia que a primeira coisa a fazer era chegar à pedra chata e descobrir o que ela ocultava. Com um canivete e os próprios dedos, logo a alcancei: estava a dez ou quinze centímetros abaixo da superfície. Era pequena, quadrada, com cerca de trinta centímetros de cada lado. Ergui-a. Era uma caixa com fundo e laterais feitas de um tipo de pedra rústica, exatamente como a tampa. Dentro da caixa havia outra, construída com um metal escuro, que calculei ser chumbo. Tirei-a de lá e, apesar de ser muito pesada, consegui carregá-la até a margem, em um local seguro. Recoloquei a pedra exatamente no lugar e a cobri com terra e grama novamente.

Voltei para a minha hospedaria, carregando a caixa de chumbo. Atrasei-me para o chá, mas havia encontrado algo melhor do que chá.

2 O PRIMEIRO JARRO

Naquela noite, esperei até a lua aparecer para tentar abrir a caixa. Não sei bem por quê, mas pensei que fosse o certo a fazer. Puxei a cortina e pus a caixa em uma mesa, para ver se me ocorria alguma ideia. De repente, ouvi um tipo de estalido metálico. Acheguei-me à caixa. No lado mais próximo, não vi nada; mas, quando a virei, percebi que em toda a lateral banhada pela lua havia uma linha ao longo do metal. Virei o outro lado para o luar, e dali a uns dois ou três minutos houve outro estalo. Claro que prossegui. Depois que a lua fez um sulco nos quatro lados, mexi na tampa. Ainda não saía; portanto, a única coisa a fazer era continuar com o processo. Repeti o mesmo processo três vezes. Depois disso, a tampa finalmente se soltou. Levantei-a, e o que vi na caixa? De nada adiantaria este texto se não lhe contasse. Pois, então, falarei.

Havia cinco compartimentos na caixa: cada um continha um pequeno jarro ou vaso de vidro redondo, com um gargalo estreito que se abria um pouco mais na boca. Todos eram tampados por uma placa de metal, e cada placa tinha uma ou duas palavras inscritas com letras maiúsculas. No jarro do meio, distingui as palavras em latim *ungere oculos*. Nos outros jarros havia apenas uma palavra em cada: *aures, linguam, frontem, pectus*. As palavras significavam "ungir os olhos", "os ouvidos", "a língua", "a testa", "o peito". Eu não tinha ideia do que fazer, mas já passava da meia-noite, eu estava exausto e fui dormir. Antes, porém, tranquei a caixa em um armário, pois não queria que ninguém a visse ainda.

Acordei cedo e bem-disposto, olhei as horas, percebi que não precisaria levantar ainda e, como uma criatura sábia, voltei a dormir. Menciono isso não apenas por brincadeira mas porque, quando adormeci, tive um sonho que provavelmente veio da planta e, com certeza, relacionava-se com a caixa.

Tinha a impressão de ver uma sala, cujo chão era coberto por um mosaico de um padrão basicamente vermelho e branco. Não havia quadros nas paredes nem lareira, nem cortinas ou venezianas nas janelas, e a lua brilhava muito. A sala continha uma mesa e um baú. Vi, então, um velho, com a barba por fazer, calvo, vestido com uma toga romana branca, com uma faixa púrpura e calçado com sandálias. Não parecia alguém que desejasse fazer algum mal. Ele abriu a urna, tirou dela minha caixa e a colocou cuidadosamente sobre a mesa banhada pelo luar. Em seguida, caminhou até uma parte da sala que eu não conseguia ver, e percebi o som de água sendo despejada em uma bacia de metal. O velho retornou, enxugando as mãos em uma toalha branca. Abriu a caixa, tirou dela uma colher de prata e um dos jarros. Destampou-o e mergulhou a colher no jarro. Depois, tocou com ela primeiro o olho direito, em seguida o esquerdo. Guardou, então, o jarro e a colher, tampou a caixa e a colocou de volta no baú. Foi até a janela e se pôs a olhar para fora, parecendo estar muito feliz com o que via.

Lembro-me de ter pensado: "São pistas para mim. Talvez seja melhor não tocar a caixa até a lua aparecer, e agir exatamente como ele". Devo ter acordado imediatamente, pois a cena estava gravada em minha mente.

Depois do desjejum, dei uma olhada na caixa e percebi, sem nenhuma surpresa, que a tampa estava tão firme quanto quando a encontrei.

À noite, após o jantar, apaguei a luz. A lua estava alta, e coloquei a caixa sobre a mesa. Lavei as mãos, abri-a e, enquanto fechava os olhos, pus a mão sobre um dos jarros aleatoriamente e o tirei. Como esperava, ouvi um leve som metálico e, ao tatear o compartimento, encontrei uma colher muito pequena.

Estava indo bem. Tinha de ver, então, qual jarro o acaso (ou a planta) escolhera para o meu primeiro experimento. Aproximei-o da janela: era o que tinha a palavra *aures*, "ouvidos", e no cabo da colher a letra A. Abri o jarro. A tampa encaixava perfeitamente, mas não estava apertada. Mergulhei a colher da mesma maneira que vi o velho fazer em meu sonho. Ela saiu com uma pequena porção de uma pasta grossa, que passei primeiro no ouvido direito e depois no esquerdo. Guardei a colher e o jarro de volta, fechei a porta, tranquei-a e, sem saber o que me aguardava, caminhei até a janela aberta e espiei para fora.

De repente, um morcego voou, e eu, que nestes vinte anos não ouvira um guincho de morcego, ouvi aquele dizer perfeitamente, em tom zangado: "Você... você... eu o pego... não, droga, droga". Não era um comentário muito animador, mas bastou para me mostrar que um mundo inteiramente novo (como dizem os livros) se abria para mim.

Claro que aquilo foi apenas o começo. Havia algumas plantas e arbustos floridos sob a janela, e, embora não visse nada, comecei a ouvir vozes: duas, conversando. Pareciam jovens pertencentes à mesma espécie.

– O que você tem aí? Vamos dar uma olhada?

Depois de uma pausa, outra voz:

– Acho que é ruim.

– Prove – sugeriu a primeira voz.

A segunda voz, depois de uma pausa, com um diminuto som de quem cospe:

– Argh! Muito ruim! Claro, é uma larva!

A primeira voz (depois de um riso mais longo do que julgaríamos gentil):

– Escute, não jogue fora. Vamos dá-la ao velho. Pegue de volta e esfregue. Pronto! – E com grande decoro: – Oh, senhor, temos uma bela... – não compreendi o que foi dito – aqui. Achamos que o senhor gostaria. Quer? Não, obrigado, senhor, já estamos satisfeitos. Mas esta foi a maior que encontramos.

Uma terceira voz disse algo em um tom mais grave, baixo, menos fácil de entender.

Segunda voz:

– Mordida, senhor? Ah, não, acho que não. Você?... – um nome que não compreendi.

Primeira voz:

– Ora, como é possível?

A terceira voz novamente disse algo em tom de zanga, achei.

Segunda voz, um tanto ansiosa:

– Mas, senhor, eu... não gosto muito disso... Preciso mesmo, senhor? Tem uma larva, e creio que seja venenosa. – Som de mastigação.

Duas vozes trêmulas:

– Ah, senhor, por favor!

Uma pausa considerável, e o som de exalação. A segunda voz, abalada, disse:

– Seu tolo idiota, por que riu assim bem debaixo do focinho dele? Deveria saber que ele perceberia. Vai ver a briga amanhã. Olhe, vou dormir.

As vozes silenciaram. Pareceu-me que a primeira se desculpava.

Foi só o que ouvi naquela noite. Depois das onze horas, tudo ficou silencioso, e comecei a me sentir um tanto apreensivo, temeroso de que algo menos inocente estivesse prestes a acontecer. Fui para a cama.

3 O SEGUNDO JARRO

Devo dizer que o dia seguinte foi muito divertido. Passei-o inteirinho nos campos a perambular e me sentar aqui e ali, escutando o que se passava nas árvores e nas cercas vivas. De vez em quando, tinha vontade de fazer um comentário ou uma pergunta. Mas sabia muito bem que o jarro com a palavra *linguam* se encarregaria disso.

Quase todas as conversas que ouvi eram de animais, principalmente pássaros; mas, talvez umas cinco ou seis vezes, enquanto me sentava sob uma árvore ou caminhava pela estrada, captei vozes que pareciam de pessoas (adultos e crianças) caminhando por perto ou vindo em minha direção, absortos em conversa. Nem preciso dizer que nada via de minha posição: nenhum movimento da grama nem sinal de poeira levantada, embora eu soubesse exatamente onde se encontravam os donos das vozes. Mais do que tudo, eu estava interessado em saber que tipo de criatura elas eram e resolvi que meu próximo experimento seria com o jarro dos olhos.

Certa vez, Jane, arrisquei-me a dizer boa-tarde quando ouvi duas dessas vozes a menos de um metro de distância. Acho que as pessoas quase desmaiaram. Pararam de andar, uma delas deu um grito de surpresa e, creio, as duas correram, ou melhor, fugiram. Senti uma leve brisa no rosto e não ouvi mais nada. Não significa que não me viram (como sei, hoje), mas sentiram como se uma árvore ou uma vaca dissesse boa-tarde.

Enquanto jantava à noite, a gata entrou, como sempre, para ver o que havia de novo. Sempre achei que os gatos falam quando miam, os cães quando latem, etc. Mas não é o que acontece. A conversa, exceto quando estão muito agitados, é quase inteiramente feita em um tom que não podemos ouvir. O miado não passa de uma gritaria, sem palavra alguma. E, quando ronronam, estão cantando.

Bem, aquela gata era uma criatura comum e boazinha, tranquila; entrou e pôs-se a observar-me enquanto eu tomava a sopa. Parecia inocente como um cordeirinho. Pois sim. O que ela dizia era algo do tipo:

– Vamos, tome tudo, lamba o prato! Quem liga para sopa? Ande logo. Sei que vem peixe depois.

E, quando foi servido o peixe, a emoção era grande demais. E então:

– Ah, temos tanto que agradecer. Todos nós, não é verdade? Peixe, peixe: que delícia! Pessoas queridas, gentis e generosas à nossa volta, todas empenhadas em nos servir o que há de mais saboroso.

Após um breve silêncio, em um tom diferente, ela disse:

– Ora, ora, quanto mais vivo, mais percebo que é sábio não esperar grande consideração dos outros! Amor-próprio! São terrivelmente poucos os que vão além disso! Como é rara a natureza que sabe compreender!

Mais uma pausa curta, e:

– Lá vai você, mais uma colherada. Não sei como não se engasga ou não explode!

Na mesma hora do dia anterior, abri a caixa mais uma vez, ungi meus olhos e fui até a janela. Deparei com construções no pequeno gramado em frente à minha janela. Parecia uma aldeia comum. Não eram grandes, de fato; a maior não devia ter três metros de altura. Os telhados pareciam de telha, as paredes eram brancas, as janelas eram muito iluminadas, e consegui distinguir pessoas no interior das casas.

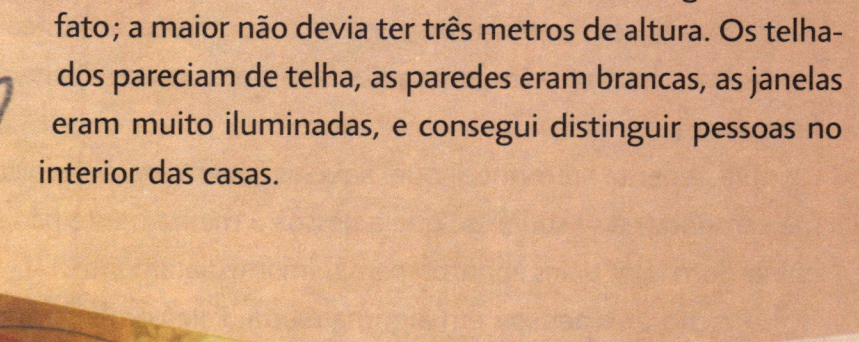

Mas havia muita gente fora delas também, em pé, conversando, correndo, praticando um esporte que podia ser hóquei. Notei também carruagens puxadas pelos cavalos mais belos que já vi.

Então, ouvi uma risada. Baixei os olhos e vi quatro cabeças apoiadas por quatro pares de cotovelos no parapeito, olhando para cima, em minha direção. Eram quatro meninos de pé sobre os ramos de um arbusto que crescia rente à parede. Eles pareciam estar se divertindo muito, pois de vez em quando um deles cutucava o outro e apontava para mim e, por algum motivo inexplicável, recomeçavam a rir.

– Ora, jovens cavalheiros – disse-lhes. – Parece que estão se divertindo. – Nenhuma réplica.

Comecei a pensar em algum outro comentário, quando um deles disse:

– Vejam o nariz dele. Será que eles sabem como são ridículos? Gostaria de conversar com um deles por uns cinco minutos.

– Bem, isso é fácil, e garanto-lhes que também quero ter essa oportunidade. Gostaria de falar um pouco sobre boas maneiras.

Outro dos meninos falou, então, embora não comigo:

– Ah, não sei. Acho que são muito estúpidos. Pelo menos esse aí parece que é.

– Eles falam? – perguntou um terceiro garoto. – Nunca ouvi.

– Não, mas mexem a mandíbula, a boca, coisas assim. Esse acabou de fazer isso.

De repente, reconheci que aqueles jovens se comportavam como eu me comportaria se soubesse que a pessoa à minha frente não me via nem me ouvia. Sorri. Um deles apontou para mim imediatamente:

– Acho que pensou em alguma piada. Fale com a gente, velho.

Nesse momento, o quarto menino, que ainda não se pronunciara, mas parecia atento, interveio:

– Acho que sei o que causa aquele barulho repetitivo. É uma coisa nas roupas dele.

Não pude resistir.

– Acertaram de novo – disse. – É o meu relógio, e podem vir vê-lo. – Tirei o relógio do bolso e o coloquei no parapeito.

Uma expressão de horror e surpresa dominou os quatro rostos. Em um segundo, desceram de onde estavam. No momento seguinte, eu os vi atravessando o gramado, falando com as pessoas mais velhas que caminhavam entre as casas.

Uma delas me pareceu atenta ao que o menino dizia. O homem que eu observava olhou na direção de minha janela, soltou uma gargalhada, deu um tapa nas costas do menino e retomou os passos. O menino caminhou lentamente até uma das casas. Um ou dois dos outros "homens" se aproximaram da janela, olhando para cima. Educadamente, fiz uma reverência em cumprimento. Não produziu nenhum efeito, e no momento não tinha ideia do que mais poderia fazer para indicar que os via. Em silêncio, eles ainda me observavam, até que ouvi o som grave e forte de um sino, aparentemente a distância, batendo cinco vezes. Eles também o ouviram, viraram-se e saíram em direção às casas. Pouco depois, as luzes nas janelas se apagaram, e tudo se silenciou. Olhei o relógio. Dez horas.

Esperei um pouco para ver se aconteceria mais alguma coisa, mas não houve nada. Voltei-me para minha estante e peguei alguns livros (o que me custou alguns minutos). Porém, antes de me ocupar com eles, dei uma espiada pela janela. Onde estavam as casinhas? À primeira vista, achei que tudo tinha desaparecido, mas não. Ainda distinguia as chaminés acima da grama, mas, enquanto olhava, elas também sumiram. Tudo aconteceu com perfeição: nada de buraco, a terra se fechava sobre os telhados, enquanto estes afundavam como se fossem infláveis.

Senti-me fortemente tentado a sair e caminhar até a aldeia, mas me contive. Naquele momento, começou a se formar um estranho nevoeiro sobre os campos, que começava a se estender pelo jardim. Não se alastrava por todos os lugares, como fazem as brumas, mas deslocava-se em blocos ou até colunas de um vapor cinzento que se moviam em ritmos diversos. De repente, comecei a ouvir algo como um sussurro abafado que vinha dessas colunas de névoa. Não era uma conversa, pois mantinha sempre o mesmo tom; lembrava, antes, uma recitação. Não gostei.

Em seguida, vi algo de que gostei menos ainda. Sete dessas colunas de névoa, cada uma com quase dois metros de altura, se posicionaram em uma fileira do lado de fora do jardim, rente à cerca; e em cada uma tive a impressão de ver dois olhos vermelhos opacos. O sussurro, então, ficou mais alto.

Nesse exato momento, ouvi um ruído atrás de mim, no quarto, como se os atiçadores da lareira tivessem caído. E caíram mesmo, pois uma velha ferradura que ficava logo acima escorregara, não sei como, derrubando-os. Lembrei-me, então, de conversas que ouvira no passado. Peguei a ferradura e a coloquei no parapeito da janela.

As colunas do nevoeiro tremeram, balançaram, como que agitadas por uma lufada de vento, e imediatamente se afastaram; o murmúrio abafado cessou. Fechei a janela e pulei para a cama. Mas antes de dormir, quis espiar de novo. O nevoeiro sumira do campo, que estava iluminado sob o luar.

Deitado, comecei a matutar sobre a última coisa que vira. Tinha certeza de que as colunas de névoa escondiam seres que não pretendiam me fazer bem e que queriam entrar na casa. Mas, por quê? Você pode achar que fiquei com o juízo abalado, mas confesso que levei algum tempo até adivinhar o que queriam. Claro que tencionavam pegar a caixa com os cinco jarros. Esse pensamento me perturbou a tal ponto que me levantei, acendi uma vela e fui até a sala, onde estava o armário, para verificar se estava tudo em ordem. Sim, a caixa estava lá, mas a porta do armário, embora eu tivesse certeza de tê-la trancado, estava aberta. Quando girei a chave, vi que a fechadura emperrara e não poderia mais ser usada. Como acontecera aquilo? No começo da noite, funcionava perfeitamente, e ninguém esteve ali desde que tranquei o armário pela última vez.

Levei-a para o quarto, arrumei um espaço em uma mala que trouxera comigo, tranquei a mala e guardei a chave na corrente do meu relógio de bolso. Pus o relógio e todo o resto embaixo do travesseiro e voltei para a cama.

4 OS PEQUENINOS

Como você imagina, Jane, o jarro seguinte que pretendia experimentar era o da língua, na esperança de que me ajudasse a conversar com algumas das criaturas. Embora ansiasse pela experiência, diverti-me muito com o que vi e ouvi durante o dia. Os pequeninos não apareceram logo pela manhã. Não, estou errado: vi três deles (jovens) dormindo em uma árvore oca. Acordaram e me olharam com muito interesse, e quando me afastei deles, sopraram beijos em minha direção. Mas havia outros. Passei pelo jardim de um chalé no qual um cãozinho latia furiosamente. Parecia assustado com um varal, no qual, além de outras roupas, farfalhava um vestido muito colorido, com padrões florais. O vestido chamou minha atenção, assim como algo vermelho na parte de cima dele. Apurei a vista e tive um choque tremendo. Era um rosto. Horrorizado, criei coragem para correr e chamar por socorro ou algo assim, mas logo vi que a coisa ria. Entendi, então, que não podia ser uma pessoa normal, pendurada em um fio de varal e balançando sob a brisa. Aproximei-me, sem desviar os olhos daquilo, e distingui o rosto de uma velha, muito vermelho e sorridente, se balançando. De repente, ela me viu e notou que era vista. Como um relâmpago, soltou-se do varal e correu para trás de uma casa, quase tropeçando no cachorro. O cão correu atrás da mulher, mas logo voltou, ofegante, e o incidente parou por ali.

Prossegui com a caminhada. Entre os aldeões que encontrei, havia dois que não tinha visto antes, pessoas idosas, com olhos brilhantes, que pareceram muito surpresas quando lhes disse bom-dia. Pararam e me seguiram com o olhar enquanto eu passava. Assim que saí da aldeia, notei, a distância, que o vestido floral não estava no varal. Agora, a pessoa que o usava caminhava devagar, olhando a grama e as cercas e, de vez em quando, curvando-se para pegar uma planta ou algo assim. Apressei o passo e alcancei-a. Bem atrás da mulher, pigarreei um pouco alto e disse "Belo dia", ou algo assim.

Você devia ver o susto que a mulher levou! Foi minha vingança pelo choque, pouco antes. Entretanto, o olhar de assombro logo se desfez; a mulher se endireitou e olhou-me com perfeita calma.

– Sim – disse. – É um lindo dia. – E acrescentou: – Acho que lhe devo um pedido de desculpas por correr do senhor, há pouco.

– Assustei-me, mas o cachorro ficou mais nervoso que eu.

– Sim. – Ela deu uma risada curta, concordando. – Não sei por que me comportei daquele jeito. – Após uma pausa breve, disse, um tanto hesitante: – Está com eles, suponho. – Ao mesmo tempo, tocou os ouvidos, os olhos e a boca com o dedo indicador.

Observei-a, em dúvida, pois achei que talvez fosse mais uma que quisesse se apossar dos cinco jarros. Mas o olhar dela demonstrava honestidade, e meu instinto me mandava confiar na criatura. Fiz um gesto afirmativo com a cabeça e levei o dedo aos lábios.

– Claro – ela disse. – Bem, você é o primeiro desde que eu era pequena, e isso foi há mil e quatrocentos anos.

Arregalei os olhos, Jane, como você pode imaginar.

– Sim, Vitalis foi o último e morava na vila perto do riacho. Você encontrará o local um dia desses. Ontem ouvi dizer que alguém os pegara, e o nevoeiro se formou à noite. Talvez o tenha visto.

– Sim. Vi o nevoeiro e deduzi o que significava. – Contei a ela, então, o que aconteceu e, ao terminar, perguntei se faria a gentileza de me dar um conselho.

Ela refletiu por um instante e me entregou um pequeno maço das folhas que tinha na mão.

– Trevo de quatro folhas – explicou. – Não conheço nada melhor. Coloque-o sobre a caixa. Eles o procurarão de novo, com certeza.

– Quem são? – sussurrei a pergunta.

A mulher balançou a cabeça.

– Não tenho permissão para dizer – foi a única resposta. – Preciso ir. – E se afastou.

Talvez você esteja se perguntando (como me perguntei), Jane, por que minha nova visão não me permitiu ver para onde ela foi. Penso que teria permitido se a mulher tivesse seguido em frente; mas, rápida como um raio, deu a volta e sumiu atrás de mim, em linha reta, com a velocidade de uma bala disparada de um revólver.

Virei-me e voltei depressa para casa, pois achei que seria prudente proteger a caixa o quanto antes, agora que conhecia o meio para isso. E foi uma boa decisão.

Quando abri o portão da frente, uma velha descia a trilha. Cambaleava com a ajuda de um cajado, mas tive certeza de que era uma encenação e que a criatura poderia deslizar como uma víbora se quisesse. Confesso que tive medo. Senti que ela sabia de tudo e odiava a todos. Será que ela estava com a caixa?

Foi um imenso alívio notar que ela não poderia estar com a caixa, e outro alívio quando meus olhos pousaram na porta da casa e viram nada menos do que três ferraduras pregadas logo acima. Sorri. Ah, como ela parecia zangada! Mas tinha de representar seu papel, e, com uma cortesia indiferente e uma voz muito rouca, trêmula, a mulher me desejou um bom-dia (embora eu a visse apontar para o chão com o polegar, enquanto falava) e me perguntou se lhe faria a gentileza de lhe dizer as horas. Ia tirar meu relógio do bolso (e, se tirasse, ela veria certa chave da qual já falei aqui) quando um alerta disparou em meu cérebro: "Cuidado". Para minha sorte, um relógio dentro da casa badalou uma vez antes de eu dizer.

– Uma hora – foi minha resposta imediata, no tom mais inocente possível.

A mulher passou por um portão e seguiu a trilha que ia dar no campo. Esperei que ela desaparecesse do meu campo de visão e subi até o meu quarto. Suspirei aliviado. Estava tudo em ordem. Coloquei o trevo de quatro folhas sobre a caixa.

Na hora do almoço, aproveitei para descobrir se a criada tinha visto a velha, mas sem lhe fazer uma pergunta direta. Evidentemente, não tinha. As criaturas malignas queriam mesmo os cinco jarros, sabiam que estavam comigo e imaginavam onde eu os colocara.

Entretanto, embora a criada não tivesse visto a velha, a gata a viu e murmurava muito, como se estivesse nervosa. Sentada no parapeito, ela mexia as orelhas e olhava para fora; contraía as costas, desconfortável, como uma mulher idosa que sente uma friagem.

Vendo-me disponível, a gata se sentou em meu joelho (gesto muito incomum nela) com um ar de quem pedia proteção e, ao mesmo tempo, queria me proteger.

– Se tivermos peixe hoje à noite – eu disse –, você também comerá.

Mas eu ainda não estava em posição de ser compreendido.

– A gatinha dormiu em cima de sua caixa a tarde toda, senhor – informou-me a criada, quando entrei para o chá. – Não consegui tirá-la. E, quando a fiz sair do quarto, voltou logo em seguida.

– Não me importo – respondi. – Pode deixá-la lá, se ela quiser.

Na verdade, sentia-me muito grato à gata. Não sei o que ela teria feito se alguém tentasse apanhar a caixa, mas tinha certeza de que suas intenções eram boas.

Foi servido peixe à noite, e ela comeu muito. Quase não falou, pelo menos que eu pudesse entender, mas cantarolou muitas canções sem letra.

Na hora certa, toquei a língua com o conteúdo do terceiro jarro. Descobri que o dom funcionava desta maneira: podia ouvir o que eu mesmo dizia quando falava com um animal; bastava pensar nas palavras com clareza e sentia a língua e os lábios se movendo de um jeito estranho, que não sei descrever. Mas, com os pequeninos em forma humana, era diferente. Conversava com eles normalmente e, embora minha voz subisse uma ou duas oitavas, não posso afirmar que percebia isso.

À noite, a aldeia surgiu de novo, e a vida ali parecia igual. Resolvi me apresentar naturalmente às pessoas, para não correr o risco de assustá-las. Posicionei-me diante da janela e fingi que jogava paciência. Achei que talvez alguns dos mais jovens se aproximassem, apesar do susto da noite anterior. E não tardou até ouvir um farfalhar nos arbustos sob a janela e vozes dizendo:

– Ele está lá? Consegue ver? Ah, olhe com atenção. Vocês quase me deixaram sozinho da última vez!

De repente, aquietaram-se. Com muita cautela, um deles subiu e espiou a sala. Quando desceu de novo, houve grande comoção.

– Está lá mesmo?

– O que ele está fazendo?

– Que tipo de feitiço?

– Será que é melhor descermos?

– Não, mas afinal o que ele está fazendo?

– Pondo umas cartas na mesa, com desenhos.

– Não acredito.

– Ora, então vá lá e veja.

– Certo, vou agora.

– Sim, mas tome cuidado. E se ficar preso lá dentro e nos atrasarmos para o sino?

– Ora, seu bobo, não vou entrar na sala. Só quero espiar do parapeito.

– Não sei, mas acho que ele nos viu ontem à noite, e meu pai também acha.

– Mas ele não consegue se mover muito rápido e está um pouco afastado da janela.

Sem alterar muito minha posição, consegui ficar de olho no parapeito e, dali a um ou dois segundos, uma cabeça redonda pequena apareceu. Prossegui com meu jogo. A princípio, notei que o visitante estava pronto para descer à menor provocação, mas, como fingi que não o via, ele ganhou confiança, apoiou os cotovelos no parapeito, ergueu-se e sentou ali. Curvou-se para cochichar algo com os outros, e, pouco depois, uma fileira de cabeças encheu o peitoril da janela, de uma ponta a outra. Devia haver uma dúzia deles. Achei que chegara a hora e, sem me mover, no tom mais descontraído possível, disse:

– Entrem, senhores, entrem. Não se acanhem. – Houve um rebuliço, e duas ou três cabeças desapareceram, mas ninguém falou. – Entrem, se quiserem – repeti. – Poderão ouvir o sino daqui, e não fecharei a janela.

– Prometa! – exclamou aquele que estava sentado no peitoril.

– Prometo, por minha honra – assegurei-lhe, e a figura saltou.

Pousou, em primeiro lugar, no assento da cadeira rente à janela e de lá saltou para o chão. Começou a andar pela sala, mantendo certa distância de mim e, sem dúvida, atento a qualquer tentativa minha de agarrá-lo. Os outros o seguiram, primeiro um, depois dois ou três juntos. Alguns permaneceram sentados no parapeito, mas a maioria teve a coragem de descer até o assoalho e explorar o ambiente.

Foi a minha primeira oportunidade de ver de fato como eles eram. Todos usavam o mesmo tipo de vestimenta: uma túnica, meia-calça justa e boné achatado, muito parecido com o que os garotos usavam na época elisabetana. As cores eram sóbrias: azul-escuro, vermelho-escuro, cinza, marrom; e cada um usava uma cor única em tudo. Havia por baixo uma roupa de flanela branca, que podia ser vista no pescoço. O primeiro tinha tez avermelhada, cabelos ruivos e era, sem dúvida, o líder. Chamavam-no de

Wag. Ouvi sussurros dos cantos da sala e pedidos para que Wag explicasse o que um ou outro objeto desconhecido era, e notei que ele não dava uma única resposta, correta ou não. A lareira, preparada para o verão, parecia para eles um jardim de rochas; uma velha carta caída no chão era um tipo de feitiço ("melhor não tocar naquilo"); a lixeira devia ser uma prisão (nada de surpresa aí); o desenho do tapete era... "Ah, você não entenderia se eu dissesse".

Logo uma voz, a de Wag, ecoou de algum ponto perto do meu pé.

– Escute, posso subir aí?

Ofereci para pegá-lo, mas ele recusou imediatamente, dizendo que poderia escalar minha perna se eu não me importasse de estendê-la em um ângulo. E, assim, engatinhou por ela (pude sentir seu peso) e chegou à mesa, saltando de meu joelho sem dificuldade.

Havia lá muita coisa que despertou o interesse de Wag: livros, papéis, tinta, canetas, cachimbos, fósforos e cartas de jogo. Ele tinha muitas perguntas acerca dessas coisas e estava tão à vontade que os outros se sentiram encorajados a segui-lo; tanto que não tardou até todos perambularem pela mesa e me deixarem preocupado, com medo de que caíssem, enquanto Wag se aproximava de mim para um verdadeiro catecismo.

– Por que você tem tantas lanças pequenas? – quis saber, enquanto balançava uma caneta à minha frente. – Isso na ponta é sangue? De quem? Bem, então para que servem? Vejamos... só isso? O que são essas clavas nesse baú?

Expliquei:

– Com esses palitos, fazemos fogo. Se quiser, posso mostrar. Mas é um pouco barulhento.

– Mostre, então – pediu Wag.

Risquei um fósforo, esperando um susto geral. Mas não; nem se abalaram, e Wag disse:

– Barulho e cheiro insuportáveis. Por que não faz do jeito comum?

Ele esfregou a palma da mão esquerda na ponta dos dedos da direita, levou-os aos lábios, depois até os olhos e, surpresa! Os olhos começaram a brilhar por trás, com uma luz que seria forte o suficiente para ele ler.

– Muito simples – disse. – Como não conhece?

Em seguida, fez o mesmo gesto em ordem inversa, tocando os olhos, os lábios e a mão, e a luz se apagou. Não confessei que estava estupefato.

– Sim, é muito prático – admiti. – Mas como iluminam suas casas? Tenho certeza de que vi luzes nas janelas.

– Claro – ele confirmou. – Posso fazer quantas você quiser. – E ele correu pela mesa, esfregando a mão aqui e ali na toalha, ou qualquer coisa sobre ela, e a cada toque surgia um pequeno broto ou pingo redondo de uma luz muito brilhante, mas ao mesmo tempo suave. – Viu? – disse, e correu de volta, passando as mãos sobre as luzes e tocando os lábios. Todas se apagaram. Virou-se para mim e comentou: – É muito melhor assim.

Um garoto menor, que dava a impressão de ser mais reservado do que Wag, se aproximou dele e observou, em tom discreto:

– Talvez ele não consiga.

A ideia parecia inédita para Wag. Arregalou os olhos e disse:

– Não consiga? Ora, mas é tão simples!

O outro balançou a cabeça e apontou para minha mão sobre a mesa. Wag também olhou para ela e, depois, para meu rosto.

– Posso vê-la aberta? – ele pediu.

– Sim, se prometer não a estragar.

Ele deu um riso discreto, e os dois, Wag e o outro, de nome Slim, se curvaram para observar com muita atenção a ponta dos meus dedos.

– Do outro lado, por favor – disse, dali a algum tempo. E os dois examinaram minhas unhas.

Os outros, que se encontravam em partes mais remotas da mesa, olharam por cima dos ombros. Depois de tocar minhas unhas e erguer um ou dois dedos, Wag se endireitou e disse:

– Bem, acho que ele tem razão. Vocês não conseguem. Achei que podiam fazer qualquer coisa.

– E eu pensava a mesma coisa de vocês – eu disse, em autodefesa. – Sempre achei que pudessem voar, mas...

– E podemos! – garantiu Wag, com o rosto vermelho.

– Ah! – exclamei. – Então por que não voam agora?

Ele chutou um pé com o outro e imediatamente lançou um olhar para Slim. Os outros não disseram nada e se afastaram, cantarolando.

– Bem, podemos voar muito bem. Só hoje que...

– Só hoje que não, imagino...

– Pois é, hoje não – disse Wag. – E não precisa rir. Logo lhe mostraremos.

– Quando?

– Daqui a duas noites, você verá – ele respondeu, olhando para Slim.

Naquele instante, uma mariposa causou uma distração bem-vinda, pois percebi que tocara um ponto delicado, e que Wag se sentia desconfortável; primeiro, pulou como que para apanhá-la, e depois correu atrás dela. Slim permaneceu onde estava. Ergui as sobrancelhas e apontei para Wag. Slim fez um sinal afirmativo com a cabeça.

– Na verdade – sussurrou –, ele causou uma briga daquelas ontem, e fomos proibidos de voar por três noites.

– Ah – fiz. – Entendi. Diga a ele que peço perdão por ser tão tolo. Posso saber quem os proibiu?

– Ora, só o velho, não as corujas.

– Então vocês aprendem com as corujas? – perguntei, tentando parecer inteligente.

– Sim. História e geografia.

– Claro – comentei. – Com certeza, elas já viram muita coisa, não viram?

– Dizem elas que sim – respondeu Slim. – Mas...

Naquele instante, o discreto badalo do sino penetrou pela janela, e todos correram até a beirada da mesa, e de lá para o assento da cadeira; e por fim subiram ao parapeito; bracinhos minúsculos acenaram os bonés para mim, perderam-se nos arbustos, e fiquei sozinho.

5 OS JARROS EM PERIGO

Após ungir os ouvidos, os olhos e a língua, restavam a testa e o peito. Nem imaginava o que aconteceria quando passasse o unguento neles, mas achei melhor tentar primeiro a testa.

Mas algo me preocupava. A preciosa caixa precisava ser protegida daqueles que vinham atrás dela. Quanto a isso, eu tinha certeza de que, se pudesse evitá-los até usar os cinco jarros, a caixa e eu estaríamos seguros. Não sei explicar por que sentia isso, mas a experiência me ensinara a confiar nessas crenças que surgiam em minha cabeça, e pretendia confiar nesta última. Achei que seria melhor não me afastar da casa, talvez nem sequer sair dela até o perigo passar.

Vários eventos no decorrer daquela manhã confirmaram minha crença. Posicionei-me à mesa diante da janela de minha sala de estar. A caixa estava na mala trancada, que coloquei ao meu lado, onde podia vê-la. Da janela, vi primeiro o jardim do chalé, e depois dele uma trilha que atravessava um campo. Sabia que, depois daquele, havia mais campos, e o terreno tinha um declive acentuado até um riacho no vale, que eu não podia ver dali. Via, entretanto, a inclinação íngreme dos campos, que era um pasto até certo ponto, e depois consistia em bosques verdes, na direção do topo. Não havia outras casas à vista; a estrada ficava atrás de mim, mas depois passava pela frente do chalé, e meu quarto tinha vista para aquele lado. Precisava escrever e ler algumas coisas, e, pouco depois do café da manhã, comecei a trabalhar. Ouvi a criada arrumando o quarto, como sempre, acompanhada de vez em quando dos miados da gata, que (também como sempre) a observava no serviço doméstico. Posso dizer que os miados não significavam nada em especial; tinham a mera intenção de ser respondidos por comentários amistosos, do tipo: "ah, você está aí, gatinha" ou "não me atrapalhe, hein?", ou "daqui a pouco". Por fim, ouvi a criada dizer: "vamos ver o que temos para você lá embaixo", e a porta foi fechada. Menciono esse detalhe por causa do que aconteceu mais ou menos quinze minutos depois.

Ouvi um estrondo assustador no quarto, uma queda, vidros e porcelana quebrando, e o estalo de madeira, seguidos de gemidos leves de dor. Levantei-me.

"Por Deus", pensei. "Ela devia estar tirando o pó daquela prateleira pesada e alta na parede, com toda porcelana, e tudo cedeu. Deve estar ferida! Mas por que a patroa dela não corre para ajudá-la? E o que é esse ruído de algo raspando ao meu lado?"

Olhei para a mala, ainda na mesa diante da janela aberta. Na parte lisa de cima havia três arranhões profundos em direção à janela, que não estavam ali antes. Passei-a para meu outro lado e me sentei. Alguém tentara me distrair e me tirar da sala, mas não deu certo. Com certeza, haveria outras tentativas. Esperei, mas tudo estava silencioso na casa: nada de ruídos no quarto, e nenhum passo naquele andar nem no outro; nada além do ruído de louças na despensa. Retomei meu trabalho.

Meia hora devia ter passado e, apesar de atento, não fiquei nervoso. De repente, ouvi sons confusos vindos do campo.

– Socorro! Socorro! Saia, seu monstro! – foram as palavras que tive a impressão de ouvir, repetidas vezes.

No outro extremo do campo, que era grande, um velho tentava chegar a um portão no meio da cerca, cambaleando, e de vez em quando

brandindo uma bengala contra um enorme cão de caça que pulava nele e latia muito. Parecia que sua única salvação seria uma corrida até o local; tive a impressão de que me viu na janela, pois parecia acenar para mim. Mas como os gritos soavam estranhos! Era como se alguém gritasse dentro de uma jarra vazia. Peguei os óculos de longe para dar mais uma olhada antes de sair. E fiz bem: com os óculos focados no cão e no homem, vi apenas uma espécie de vapor oscilante, como um brilho no ar que se vê nos prados, em dias quentes, que aos poucos tomava forma.

– Ahá! – exclamei, tirando os óculos; e algo no ar, a cerca de cinco quilômetros de distância, produziu um som sibilante. Sem dúvida, foram ditas palavras que não distingui. Uma segunda tentativa fracassara. Você pode ter certeza de que fiquei alerta para a próxima.

Guardei os livros e me sentei diante da janela, procurando notar se havia mais alguma coisa fora do comum lá fora. Para começar, julguei ter visto mais pássaros que de costume. Achei que não estavam lá antes, nem mesmo saltando no gramado. Mas, quando olhei para a cerca do jardim, e depois para o campo, percebi que estes pululavam de vida. Em quase todos os galhos onde um pássaro pudesse se abrigar (não em cima das cercas), havia ao menos um, muito quieto, e todos olhavam na direção de minha janela, como se esperassem um acontecimento.

Com os óculos, comecei a observar o fundo das cercas vivas e dos arbustos, onde havia uma razoável quantidade de folhas secas, e logo notei espectadores também. Um pequeno olho brilhante ou a ponta de um nariz aparecia em quase todos os lugares para onde eu olhava; eram ratos, não tenho dúvida. Alguns deles, bem como os ouriços e os sapos, ocupavam-se em vigiar, assim como os pássaros.

– Que chance para a gata, se ela soubesse – murmurei, enquanto colocava a cabeça para fora, com muito cuidado, e observava o parapeito da janela do andar inferior.

Nesse instante, vi a cabeça da bichana, com as orelhas erguidas para a frente. Ela também estudava a cerca, mas não saía do lugar. Fiz algum ruído discreto, ela virou o rosto para cima e miou para mim de modo quase inaudível, porém encorajador.

O tempo passou. O almoço foi servido em outra mesa, e nada mais aconteceu por ora.

Ouvi, então, a criada dizer, em tom irritado:

– Que está fazendo aí nos fundos? Não queremos suas tranqueiras aqui.

Uma voz rouca respondeu algo que não ouvi.

– Não, o cavalheiro também não quer. E como você sabe que um senhor está hospedado aqui é o que eu gostaria de saber. O quê? Não quer perturbar? Pois sim. Até parece.

Dali a um minuto, alguém bateu à porta, e ao mesmo tempo ouvi um passo na trilha de cascalho sob minha janela e um miado alto da gata. Disse "entre" a quem bateu, e corri a olhar pela janela, mas não vi nada. Era a empregada que batera. Veio me perguntar se eu queria algo da aldeia, ou mais alguma coisa antes da hora do chá, porque sua patroa ia sair, e ela queria fazer algumas compras. Respondi que não precisava de nada, exceto das cartas e talvez um pequeno pacote do correio. A criada hesitou um instante antes de sair e, por fim, disse:

– Perdoe-me por falar, senhor, mas há umas pessoas estranhas lá na rua hoje. Se não se importa de lhe dizer, acho que seria bom tomar cuidado, se quiser sair.

– Ah, sim – respondi. – Mas, não, não pretendo sair. A propósito, com quem você falava um minuto atrás?

– Ah, com um desses vendedores ambulantes. Nunca o vi antes por estas bandas, deve ser um forasteiro. Começou a bisbilhotar pelo jardim, mas eu o vi e o chamei. Tinha essas porcarias de alfinetes de chapéu baratos. Eu, pelo menos, não quero ser vista usando aquilo, mesmo que as outras mulheres gostem.

– Sim, entendo – comentei.

Ela saiu, e voltei aos meus livros.

Dali a alguns minutos, percebi que ficava com sono. Sim, sem dúvida. O dia quente, as horas passadas depois do almoço, em casa o dia todo... Havia um cheiro peculiar na sala, não exatamente ruim, mas como se algo queimasse. Do que me lembrava? Fumaça de lenha de uma lareira das cabanas, com aroma de uma noite de outono? Não, não era agradável assim. Parecia mais como do estabelecimento de um boticário. Enquanto me intrigava com o cheiro, meus olhos fecharam, e a cabeça tombou para a frente.

Uma dor aguda na mão e o ruído de vidro quebrado! Dei um salto, e qual dentre três ou quatro coisas percebi primeiro, não sei dizer. Mas vi, em um ou dois segundos, que minha mão sangrava de um arranhão no dorso; uma das vidraças da janela estava quebrada, e a janela inteira ficara escura com passarinhos colidindo o peito contra ela; a gata pulara sobre a mesa e me encarava com uma expressão significativa, enquanto uma fumaça discreta se estendia pelo ambiente e minha mala estava prestes a escorregar para fora, por cima do parapeito. Com um gesto desesperado, consegui segurá-la; mas, por mais que tentasse, não era capaz de puxar. Não vi cordão nem barbante, muito menos uma mão arrastando-a. Não quis correr o risco de soltá-la para pegar algo com que atingir o assaltante invisível. Além do mais, não havia nada por perto.

Lembrei-me, então, do canivete em meu bolso. Será que conseguiria apanhar e abrir o instrumento sem largar a mala?

"Eles detestam aço", pensei.

Afoito, com as mãos na mala, tirei o canivete do bolso, abri-o com os dentes e comecei a cutucar indiscriminadamente em volta da mala. Felizmente, o puxão relaxou. Arrastei a mala para dentro da janela, soltei-a e pisei sobre ela, curvando-me para espiar a trilha do jardim e a esquina da casa. Claro que não vi nada. Os pássaros tinham ido embora. A gata ainda estava sobre a mesa, dizendo: "Ah, coruja! Ah, sua coruja!". A única indicação do que acontecera era um pequeno pires de barro largado na trilha, logo abaixo da janela, com uma pequena pilha de cinzas sobre ele, de onde uma fina coluna de fumaça subia até se enrolar perto da janela. Não tive dúvida de que aquilo fora a causa de minha sonolência. Joguei um livro sobre ele e tive a satisfação de ouvi-lo moer em pedaços e a fumaça se espalhar em quatro direções, rente ao solo, e sumir.

Já estava totalmente acordado. Olhei para a gata e lhe mostrei o dorso de minha mão. Sentada, quieta, ela disse:

– Bem, o que você queria? Precisava fazer alguma coisa. Posso lamber, se quiser, mas prefiro não. Nenhum ressentimento, entende? A mesma coisa, cem anos atrás.

Não tive resposta; então, balancei a cabeça, enrolei minha mão em um lenço e acariciei a gata. Ela gostou, pulou da mesa e pediu que a deixasse sair.

Enfim, o terceiro ataque falhara também. Dali a pouco, ouvi a criada chegar, e logo depois ouvi o barulho da carruagem da dona da casa, e o relógio bateu cinco vezes. Achei que não haveria problema em sair depois do chá.

E saí. Antes, porém, escondi a mala em meu quarto; coloquei sobre ela um atiçador, pinças, uma faca, ferradura e qualquer outra coisa que me parecesse capaz de afastar invasores. Tive de explicar à criada que um pássaro voou contra a vidraça e a quebrou.

Saí pelo jardim e atravessei o campo, perto do meio onde se ergue um grande carvalho. Caminhei até a árvore, sem nenhum motivo específico, e fiquei olhando para o tronco. De repente, percebi que meus olhos enxergavam através dele, e o que vi? Uma família de corujas agitadas, abrindo e fechando os bicos e, de vez em quando, estendendo um pouco as asas. Por fim, uma delas disse:

– Está quase na hora. A postos! A postos!

– Alguém lá fora? – perguntou outra.

– Sem problemas lá – disse a primeira.

A conversa curta, creio, se devia ao fato de as corujas não estarem totalmente acordadas e, portanto, mal-humoradas. À medida que se animavam e abriam os olhos, seus modos se suavizaram.

– Uhu-uhu! Tive um bom dia. Você também, espero.

– Seguro como uma rocha, obrigado, exceto quando abordaram o chalé.

– Ora essa! Esqueci! Não conseguiram, espero.

– Não. A vigília foi bem-feita. Mas tentaram. Recebi uma folha, poucos minutos depois, e parece que fizeram com que ele adormecesse.

– Ora! Nunca soube de ninguém que trouxesse uma folha.

– Pois é, mas eu a esperava. O pombo a trouxe. Está ali, nas costas da criança.

Vi a coruja se mover e examinar uma folha seca de castanheira que, como a outra dissera, estava sobre as costas de uma corujinha.

– Pelos céus! Muito interessante – comentou, depois de ler a folha. – Acho que o pior já passou.

– Está tudo quieto nesta noite, enfim – disse o pai. – Mas gostaria de falar com alguém sobre amanhã. É a última chance deles, e podem... – Ele sacudiu as penas, ergueu primeiro um pé e depois o outro. – A dificuldade é que, se falo demais e eles pegam os jarros, há um risco; se não há um alerta e eles os pegam, há outro risco.

– Mas se houver um alerta e eles não os pegarem... – ela começou, sensata.

– Sim, claro. Seria melhor, apesar de não o conhecermos bem.

– Mas onde você supõe que ele esteja, e quem ele deveria ver? – Era o que queria saber, e intimamente agradeci à coruja mãe.

– Acho que está lá fora. Há alguém espiando, e, por que ficaria parado a menos que quisesse nos escutar, não sei.

– Pelos astros! Escutando nossa conversa particular! E eu, com todas as minhas penas!

E ela começou a se bicar vigorosamente. Desviava do assunto, o que muito me aborreceu. O pai, porém, prosseguiu, devagar:

– Se está bisbilhotando ou não, isso não me importa. Quanto a quem ele deveria ver, é mais difícil. Se já chegou ao ponto de conversar com as PESSOAS CERTAS – e parecia citá-las com letra maiúscula –, elas saberiam. E alguns dos que estão na aldeia saberiam. E a Velha Mãe sabe, e...

Naquela noite, enxerguei através das coisas muitas vezes. Algumas coisas que vi eram feias e tristes a esse ponto, mas havia outras divertidas e interessantes. Há um local que posso lhe mostrar, em volta do qual se erguem quatro cálices de ouro, e que já foi um córrego, mas hoje é apenas terra. Entretanto, não o vi naquela noite específica.

Do que me lembro melhor é de uma família de coelhinhos acocorados em volta dos pais em uma toca, e a mãe contando uma história: "E aí ele andou um pouco mais e encontrou um dente-de-leão. Parou, sentou-se ereto e começou a comê-lo. E, depois de comer duas folhas grandes e uma pequena, viu uma mosca na flor. Não, duas moscas. Não quis mais comer aquele dente-de-leão, caminhou e achou outro...". E a história continuava interminavelmente.

6 A GATA, WAG, SLIM E OS OUTROS

Tirei da mala minha preciosa caixa. Sentei-me perto da janela e observei. A lua brilhava, a tampa da caixa se abriu do modo costumeiro, e toquei minha testa com o unguento. Mas não percebi nenhum novo poder.

Com a lua, apareceu também a cidadezinha, e, tão logo as portas das casas foram surgindo rente à grama, os meninos saíram e correram, em grupos, na direção de minha janela. Wag foi o primeiro. Slim, mais reservado, veio com a multidão de garotos.

Os dois eram os únicos que não tinham a menor hesitação em falar comigo. Os outros se ocupavam de explorar a sala.

– Amanhã – comecei (depois de uma espécie de troca de cumprimentos) – vocês irão voar por todos os lados, suponho.

– Sim – respondeu Wag. – Mas você precisa saber... Slim, o que é que queríamos antes, mesmo?

– Não era um recado de seu pai? – disse Slim.

– Ah, sim, claro. "Se eles estiverem em casa", meu pai disse, "dê-lhes ferraduras. Se houver uma bola de morcego, use um borrifador." Ele acha que temos um borrifador no depósito de ferramentas.

Slim se sentara sobre um livro e me olhava, sério.

– Bem – eu disse. – É muito gentil de seu pai me dar esse recado, mas devo dizer que não entendo.

Slim fez que sim com a cabeça e comentou:

– Ele achou que não entenderia. Mas disse que na hora certa você compreenderá.

– Slim, gostaria que você me explicasse certas coisas. O que vocês são? Como são chamados?

– Eu me chamo Slim. E chamam a todos nós de as PESSOAS CERTAS
– respondeu Slim. – Mas não adianta fazer muitas perguntas, porque não
sabemos. Além disso, não é bom para nós.

– Por quê?

– Bem, a nossa tarefa é manter as coisas pequenas em ordem, e, se fizer-
mos muito mais do que isso, ou se tentarmos descobrir mais, estouramos.

– E esse é o fim de vocês?

– Ah, não – ele respondeu, animado. – Mas essa é uma das coisas que
não se deve perguntar.

– E se não cumprirem sua tarefa, o que acontece?

– Oh, eles ficam menores e não têm mais os sentidos. – Notei que ele
disse "eles", não "nós".

– Entendo. Bem, vocês frequentam a escola, não? – Ele assentiu. –
Para quê? Não é ruim para vocês? – Não quis dizer "vocês não estouram?".

– Não – Slim respondeu. – Vamos à escola para aprender nossa tarefa. Precisamos saber como eram as coisas, para mantermos a ordem. E as corujas, bem, elas se lembram de coisas de muito tempo atrás, mas não sabem mais do que nós sobre as coisas boas.

Hesitei antes de fazer a pergunta seguinte, mas senti que não poderia evitar.

– Como vocês sabem suas idades, quanto tempo levam para crescer, ou... quanto tempo vivem depois de crescerem?

– Acho que são sete vezes sete luas desde que entrei na escola e sete vezes sete vezes sete luas até eu crescer. E o resto não é bom perguntar. Mas não há problema. – Ele sorriu, então.

Posso afirmar que aquilo foi a maior parte do que me atrevi a perguntar sobre eles. Mas, em outros momentos, presumi que, desde que "cumprissem sua tarefa", nada lhes faria mal. Todos eram medidos regularmente para verificarem se estavam diminuindo, e tudo ficava registrado com muita atenção. Se, porém, alguém perdesse um quarto de sua altura, tinha de se afastar do povoado. Não pude apurar se tal indivíduo voltava; a maioria dos perdidos ia habitar árvores ocas ou áreas perto dos riachos, e lá viviam felizes, embora de uma maneira precária. Supunha-se que lentamente encolheriam até o tamanho de uma cabeça de alfinete, e dali para nada. Mesmo assim, acreditava-se que a recuperação era possível. Muitas outras coisas que você, Jane, teria perguntado eu não perguntei, receoso de gerar complicações.

Naquela ocasião, contudo, senti que já interrogara Slim o suficiente; então, interrompi e disse:

– O que será que Wag está fazendo esse tempo todo?

– Não dá para saber – respondeu Slim. – Mas não é normal ele ficar quieto assim. Ou está aprontando alguma coisa ou está dormindo.

Slim caminhou até a beirada da mesa e exclamou:

– Ora, ele está dormindo!

Realmente lá estava Wag, com a cabeça deitada no peito da gata, sob o queixo dela, que a bichana virara para cima. Ela tinha posto as patas da frente por cima da cabeça do menino. Quanto aos outros, vi sentados em um círculo, em um canto da sala, também muito quietos. Mas, como não distingui o que faziam, perguntei a Slim.

– Assistindo a uma corrida de lacraias, acho.

– Espero que não as deixem aqui quando forem embora. Não gosto de lacraias.

– Quem gosta? – comentou Slim. – Mas eles as levarão. Algumas são lacraias premiadas.

Resolvi espiar a corrida um pouco. O percurso era devidamente assinalado com pequenas luzes acesas nas tábuas do assoalho, e o círculo se localizava no ponto do vencedor, com o ponto de partida no outro extremo, a mais ou menos um metro e oitenta de distância. Acompanhei uma rodada. As lacraias não pareciam muito velozes nem inteligentes, e todas, com uma exceção, paravam no meio do caminho e batiam papo.

Começava a me perguntar quanto tempo aquilo duraria, quando Wag acordou. Como quase todos nós fazemos, não queria admitir que adormecera.

– Só quis deitar um pouco – disse. – E, para não agitar sua gata, parei ali. E agora quero saber: Slim, o que você me perguntou?

– Eu? Não sei.

– Sabe, sim. O que ele estava fazendo quando viemos antes.

– Não perguntei nada. Foi você que me perguntou.

– Bem, não importa quem perguntou. – E, virando-se para mim: – O que estava fazendo?

– Não sei – respondi. – Era com estas coisas? – Mostrei-lhe um maço de cartas. – Ou com isto? – Ergui um livro.

– Sim, com isso. O que fazia com essa coisa? Para que serve?

– É um livro, e eu o lia. – Tentei explicar a ideia e li algumas linhas. Era *Pickwick*, de Charles Dickens.

Os meninos ficaram estupefatos. Slim disse, meio que para si próprio:

– Parece um espelho.

Achei o comentário descabido na hora. Em seguida, mostrei-lhes uma imagem em outro livro. Eles a identificaram rapidamente.

– Mas quando vai se mexer? – quis saber Slim.

– Nunca. As nossas imagens são paradas, sempre. As de vocês se mexem?

– Claro. Veja só. – Pegou uma folha de papel.

O menino se deitou e comprimiu a testa contra a folha por alguns segundos. Levantou-se, então, e começou a esfregar o papel na palma das mãos. Uma imagem colorida apareceu de imediato, e, quando ele terminou, afastou-se para eu ver, e disse, um tanto tímido:

– Acho que não ficou muito boa, mas quis desenhar o que aconteceu na outra noite.

Pelo que pude ver, realmente o desenho não ficou bom. Era uma imagem da janela da casa, vista de fora sob o luar, e havia a representação de uma fileira de figuras com os cotovelos sobre o parapeito, de costas. Até aí, sem problemas. Mas dentro da janela aberta se via uma figura de pé que certamente me representava. Entretanto, era muito baixa e gorda, rosto vermelho demais, com uma expressão de coruja que, tenho certeza, nunca tive. Essa pessoa era vista mexendo a mão, que tinha apenas três dedos, até o flanco e tirando do corpo um objeto redondo, parecido como um relógio, que logo punha à sua frente. Nesse momento, as figuras no parapeito moviam os braços para todos os lados e caíam ou desciam, como se fossem bonecos. Em seguida, a imagem foi desbotando até sumir do papel. Slim me olhou, ansioso.

– É muito interessante ver como você fez o desenho, mas acha que sou mesmo parecido com aquilo?

– Por quê? Não gostou? – indagou o menino. – Tem algum problema por não ser bonito?

Ouvi Wag se jogar sobre a mesa e, ao olhar para ele, percebi que levara as duas mãos sobre a boca.

– Posso saber qual é a piada? – perguntei, irritado (pois é surpreendente como uma pessoa pode se preocupar com sua aparência, mesmo neste momento de minha vida).

Wag me olhou por um instante, engasgou e escondeu o rosto novamente. Slim foi até ele e o chutou nas costelas.

– Que modos são esses? – sussurrou.

Wag rolou e se sentou, enxugando os olhos.

– Sinto muito – disse. – Nem sei do que estava rindo.

Slim assobiou.

– Bem – disse Wag –, do que era mesmo?

– Dele, claro. Você sabe muito bem.

– Ah, é? Então, me diga o que há de engraçado nele – pediu Wag.

Enquanto Slim punha o dedo na frente dos lábios e parecia triste, interrompi:

– Levante-se um instante, Wag – disse. – Quer ver uma coisa?

– O que é? – indagou Wag, levantando-se de um salto.

– Você e Slim fiquem de costas um para o outro, se não se importam. Isso. Puxa vida! Achei que você fosse mais alto. Parecia, ontem à noite. Enganei-me. Está certo, obrigado.

Mas os dois se entreolharam, horrorizados. Senti, então, que brincara com uma questão muito séria; por isso, ri e expliquei:

– Não se preocupem. Estava brincando com você, Wag, porque tive a sensação de que brincava comigo também.

Slim compreendeu e respirou aliviado. Wag se sentou em um livro e me dirigiu um olhar de repreensão. Não disseram uma palavra. Fiquei muito envergonhado e pedi perdão, da maneira mais polida que conhecia. Felizmente, Wag logo se convenceu de que fora mesmo uma brincadeira e recuperou o ânimo.

– Muito bem – disse, com um gesto afirmativo da cabeça. – Ouvi você dizer que não gosta de lacraias. É bom nos lembrarmos disso, Slim.

Aquilo me abalou imediatamente. Tentei ressaltar que fora ele quem começara com as brincadeiras e que aquela seria uma vingança mesquinha; além do mais, as lacraias teriam um destino ruim se ele enchesse meu apartamento com elas, pois precisaria matar uma por uma.

– Ora – fez o menino –, não precisa ser lacraia de verdade. As minhas provocam tanta coceira quanto as verdadeiras.

A situação não melhorava para mim, e tentei apelar para seus sentimentos mais nobres. Ele parecia não prestar muita atenção, embora fixasse os olhos em mim.

– O que é aquilo em seu pescoço? – Wag disse, de repente; e, ao mesmo tempo, senti múltiplas perninhas em minha pele. Bati com força, e algo pareceu cair sobre a mesa. – Não, do outro lado – ele continuou, e mais uma vez senti uma coceira horrenda, que me obrigou a fazer os mesmos gestos, certamente com o rosto contraído de terror.

De qualquer forma, os dois pareciam se divertir muito. Wag nem conseguia falar e só apontava. Fui estúpido por não perceber imediatamente que eram as lacraias "dele", e não as de verdade. Mas logo fiz isso e, apesar de ainda sentir a coceira, não me mexi, apenas me sentei e olhei para ele, muito sério. Dali a pouco, Wag se cansou da diversão e disse:

– Estamos quites agora. – De repente, ficou alarmado: – Ei, onde estão os outros? O sino ainda não tocou, espero.

Wag quase voou no salto que deu, um movimento extraordinário, da beirada da mesa para a cadeira rente à janela, escalou-a até o parapeito e espiou para fora.

– Está tudo bem – anunciou, em um tom discreto de infinito alívio. Pulou até o chão, quase sem equilíbrio, e lentamente subiu por minha perna até seu posto anterior.

– Bem – suspirei. – O sino ainda não tocou, mas onde estão os outros? Não vi sinal deles.

– Vá procurá-los, Slim. Estou farto de todos esses sustos.

Slim caminhou até a extremidade oposta da mesa, explorou a área e logo estava de volta. Disse-nos que estava "tudo bem, mas estão aborrecidos, acho".

Eu também me levantei e fui ver o que acontecia. Os meninos se sentavam em um círculo solene no chão, ao redor da gata, que estava enrolada em si mesma e dormindo em paz sobre um banquinho de apoio de pés. Ninguém falava. Achei melhor me dirigir a eles:

– Senhores, acho que não lhes dei muita atenção nesta noite. Posso fazer algo para entretê-los? Querem subir na mesa? Podem escalar minha perna se acharem conveniente.

Quase me arrependi, pois logo em seguida todos correram por minha perna enquanto eu estava de pé ao lado da mesa. Logo estavam com Wag e Slim na mesa, exceto um, que, por engano ou de propósito, escalou-me pelos botões de meu colete, de maneira bastante deliberada, até alcançar meu ombro. Não reclamei, claro, mas virei-me (o que o obrigou a se segurar em minha orelha) para retomar meu posto na cadeira, de onde sentia como se presidisse uma reunião. O menino em meu ombro se sentou, cruzou os braços, e tive a impressão de que olhava para os amigos com um ar de triunfo. Wag evidentemente considerou o ato um abuso de liberdade.

– Ora essa! – exclamou. – O que pretende, Wisp? Saia daí!

Pelo modo como se agitou, inquieto, Wisp me pareceu um pouco intimidado; mas, com uma expressão de coragem no rosto, disse:

– Por que deveria sair?

Intervi:

– Não me importo se ele ficar aqui.

– Tenho certeza disso – retrucou Wag. – Mas não é essa a questão. Vai descer?

– Não – disse Wisp. – Por você, não. – O tom, porém, era mais atrevido que corajoso.

– Muito bem – grunhiu Wag.

Achei que o líder ia puxar Wisp pelas pernas, mas não fez isso. Tirou algo do peito da túnica, colocou na boca, deitou-se de bruços e, com o olhar fixo em Wisp, deu um sopro. Dois ou três segundos se passaram enquanto senti Wisp balançar em sua posição e respirar mais rápido. De repente, ele deu um grito agudo que penetrou minha cabeça. O menino deslizou depressa por meu peito e minhas pernas e correu até o assoalho, onde continuou gemendo e correndo feito um louco, para grande diversão de todos à mesa.

Foi então que vi o que acontecera. Em volta da cabeça de Wisp brilhavam múltiplas fagulhas, voando ao seu redor como um enxame de abelhas, às vezes parando, para logo recomeçar, e, pelo que desconfiei, queimá-lo a cada movimento. Se ele as espantava, atacavam suas mãos, de modo que o menino não tinha saída. Depois de observar a cena por alguns instantes a partir da beirada da mesa, Wag disse, com a voz elevada:

– Quer se desculpar?

– Sim! – gritou Wisp.

– Muito bem – replicou Wag. – Fique parado! Fique parado, seu morcego! Como posso chamá-las de volta se você não para de se mexer?

Wag estava de costas para mim, e não pude ver o que fez, mas Wisp se sentou no tapete, livre das fagulhas, e esfregou o pescoço e o rosto por alguns instantes, enquanto os outros meninos se recuperavam do riso.

– Pode subir de novo – disse Wag.

O menino assim o fez, embora devagar e humilhado.

– Por que ele também não mandou fagulhas para Wag? – perguntei a Slim.

– Porque não tem – foi a resposta. – Só o Capitão da Lua as possui.

– Bem, agora que tal um pouco de sossego? – pedi. – E, aliás, não fui devidamente apresentado a vocês. Não seria uma boa ideia fazerem isso antes que o sino toque?

– Está certo – concordou Wag. – Vamos às devidas apresentações. Traga um por um, Slim, e você, ponha a mão do sol na mesa.

– Mão do sol?

– Sim, a mão do sol. Não sabe? – Ele ergueu a mão direita, depois a esquerda: – Mão do sol, mão da lua, mão do dia, mão da noite, mão das estrelas, mão das nuvens, e assim por diante.

– Obrigado.

Fiz o que ele me pediu, enquanto Slim formava a tropa em uma fila, chamando-os um por um. Wag ficou de pé sobre um livro à direita e anunciava o nome de cada um dos meninos. Antes, mandou-me colocar a mão de lado sobre a mesa, com o dedo indicador apontado. Disse, então:

– Gold!

Gold deu um passo adiante e se curvou em uma polida reverência, a que correspondi inclinando levemente a cabeça. Ele tocou quanto pôde a ponta de meu dedo e assumiu uma posição à esquerda, enquanto observava o próximo a ser chamado.

A cerimônia se repetiu, mas nem todas as reverências foram igualmente elegantes; alguns dos meninos levavam o evento na brincadeira e balançavam meu dedo com as duas mãos e grande esforço. Wag encarava-os com ar de repreensão. Os nomes (não preciso citar todos) eram todos do mesmo tipo: Red, Wise, Dart, Sprat, etc. Depois de Wisp, que foi o último e parecia muito humilde, Wag convocou Slim e, por fim, desceu e se apresentou da mesma forma.

– E, agora – prosseguiu –, você poderia nos dizer o seu nome.

Eu disse meu nome completo. Wag assobiou.

– Muito longo – comentou. – Não pode ser mais fácil?

– Que tal M ou N? – sugeri.

– Muito melhor! Se M serve para você, servirá para nós.

E assim concordarmos que eu seria chamado de M.

Ainda me preocupava que a pequena tropa passasse uma noite muito chata e, por isso, não voltasse; tentei explicar-lhes essa noção, mas me disseram:

– Chata? Ah, não, M. Encontramos tantas coisas aqui!

– É mesmo? Que coisas?

– Bem, para começar, dentro do canto daquela parede está a maior aranha que já vi.

– Espero que não saia dali – retruquei.

– Teria saído se não tivéssemos tapado o buraco. Alguma coisa ajuda a aranha a roer o caminho.

– Quem fez o buraco?

– Um morcego – responderam alguns.

– Um rato – disseram outros.

– Isso não importa – concluiu Slim. – Quero dizer, desde que esteja tapado agora. Onde está a aranha?

– Desceu para o fundo, dizendo coisas medonhas – Red respondeu.

– Sou grato a vocês – afirmei.

Ouvimos o sino. Todos desceram por mim ou pelas cadeiras, ou mesmo pela toalha da mesa, seguiram pelo parapeito, posicionaram-se em uma fileira, tiraram o boné e fizeram uma reverência, endireitaram-se novamente, cada um entoou uma nota, e todas as notas combinadas formaram um acorde lindo; eles se viraram e desapareceram.

Observei-os da janela e vi os moradores se separarem e cada um seguir para a sua casa com os meninos saltitando atrás. Um ou dois dos mais velhos (em especial, o pai de Wag) olharam para mim, detiveram-se e me ofereceram uma reverência bastante formal. Respondi com a mesma cortesia. Observei-os até o gramado se tornar liso novamente. Fechei e aferrolhei a janela da sala de estar e me recolhi no quarto.

7 A BOLA DE MORCEGO

Que dia e noite agitados, e eu sentia que as aventuras não haviam acabado, pois ainda precisava descobrir que novos poderes o quarto jarro me trouxera. Em vão, tentava detectar alguma diferença em mim. Fui à janela e abri as cortinas. Olhei para a rua e, dali a alguns minutos, comecei a entender.

Um jovem caminhava com pressa. Entrou no jardim e logo seguiu pela trilha até a porta da casa. Surpreendi-me, não pela hora, pois não era tão tarde, mas pela aparência do rapaz. Era jovem, como já disse, o rosto avermelhado, mas não feio. Tinha costeletas castanhas e grandes (que hoje em dia não é comum) e cabelos um tanto compridos atrás (o que também não é comum em rapazes que querem parecer inteligentes); mas o chapéu e as roupas eram os detalhes mais estranhos. O chapéu era uma cartola baixa, com uma aba curvada; espalhava-se no alto e parecia áspero em vez de liso. O casaco era, na verdade, uma casaca azul com botões de metal. Ele usava uma gravata que dava várias voltas no pescoço e uma gola alta, tipo careca. A calça era justa até os tornozelos e tinha alças que passavam por baixo dos pés.

Evidentemente, o jovem conhecia muito bem o caminho. Dirigiu-se à porta da frente, e tive a impressão de que entrou na casa, embora eu não ouvisse a porta abrir ou fechar, nem passos na escada. Achei que tinha ido à sala particular da senhoria, no andar térreo.

Afastei-me da janela e logo veio a surpresa seguinte. Era como se não existisse uma parede entre mim e a sala de estar. Enxergava-a diretamente. A lareira estava acesa, e rente a ela sentavam-se um velho e uma velha. Observei-os com curiosidade. Poderia dizer que eram lavradores. O homem era robusto e tinha o rosto vermelho, com costeletas grisalhas, e sorria, sentado com as costas eretas na poltrona. A senhora tinha a compleição rosada e também sorria. Trajava um bonito vestido de seda e uma bela touca. Dos cabelos desciam mechas encaracoladas pelo rosto.

Era o retrato de uma idosa saudável. Mesmo assim, senti certa repulsa em relação aos dois. O rapaz, que imaginei ser filho deles, estava na sala, de pé junto à porta e com o chapéu na mão, olhando timidamente para o casal. O velho se virou em sua poltrona, viu o jovem, baixou os cantos da boca, olhou para a mulher, e os dois sorriram como se achassem algo engraçado. O filho se adiantou, pendurou o chapéu, apoiou-se com as duas mãos sobre a mesa e começou a falar (embora eu nada ouvisse) com uma urgência que era dolorosa de ver, pois tive a certeza de que seus apelos seriam inúteis; às vezes, ele abria as mãos e as agitava no ar e, de vez em quando, esfregava os olhos. Estava muito emocionado, e também me emocionei só por olhá-lo. Os dois velhos nem lhe davam atenção; inclinavam-se para a frente um pouco e às vezes trocavam sorrisos, novamente como se achassem aquilo divertido. Por fim, o rapaz parou de falar, levantou-se e estremeceu. Seus pais se moveram mais para trás nas cadeiras e se entreolharam. Não disseram uma única palavra. O filho pegou o chapéu, virou-se e saiu rapidamente da sala. O velho, então, moveu a cabeça para trás e riu; a velha o imitou, também rindo escandalosamente.

Virei-me de novo para a janela. Como eu esperava: do lado de fora do portão para o jardim, uma moça delicada, com um chapéu grande e um xale, trajando um vestido um tanto curto, aguardava, ansiosa. Percebi isso claramente pelo modo como segurava a cerca. Não vi o rosto da jovem. O rapaz saiu; ela entrelaçou as mãos. Ele balançou a cabeça. Os dois subiram

a rua lentamente, o jovem, cabisbaixo, tentando consolá-la; a moça, chorando. Mais uma vez, olhei na direção da sala de estar. Mas só vi a parede.

Parece uma cena absolutamente comum, mas posso lhe garantir que foi horrível e perturbadora; e a calma cruel com que pai e mãe, que pareciam dignos e simpáticos, embora fossem abomináveis, trataram o filho foi algo que nunca vi antes.

De repente, compreendi o efeito do quarto jarro: permitia-me ver o que aconteceu em qualquer lugar. Não sabia até que ponto no passado as memórias regrediam, ou se seria obrigado a ver as cenas mesmo que não quisesse. Esperava que o dom não funcionasse sem parar, impedindo-me de dormir. Não funcionou.

No dia seguinte, encontrei minha senhoria ocupada no jardim e lhe perguntei sobre as pessoas que viveram naquela casa.

– Sim, sei alguma coisa a respeito deles – ela disse. – Meu pai conhecia o senhor e a senhora Eld muito bem quando era garoto. Ninguém gostava deles por estas bandas, em parte porque eram muito rigorosos com seus empregados, em parte por tratarem tão mal seu único filho. Imagine, expulsaram-no de casa porque ele se casou sem lhes pedir permissão. Bem, ele agiu errado, mas meu pai dizia que a moça era respeitável, e os dois velhos foram muito cruéis, pois nunca lhe disseram uma palavra de bondade em todos aqueles anos e não deixaram um centavo para os jovens. O que aconteceu com o jovem casal, o senhor quer saber? Bem, creio que emigraram para os Estados Unidos da América, e nunca mais ninguém soube deles. Mas os dois velhos continuaram morando aqui, sem o menor remorso, até morrerem. Tinham uma aparência de pessoas bondosas, segundo meu pai. Não me lembro quando ouvi falar dos dois pela última vez, mas sei que meu pai os mencionava, e há alguma coisa escrita nas lápides deles, bem do lado direito do cemitério da igreja. Quem pôs as lápides deve ter sido a pessoa que comprou a propriedade. Como era mesmo o nome?

Mas achei que já estava na hora de prosseguir com meus afazeres. E senti (como antes) que seria melhor não me afastar muito da casa.

Enquanto caminhava pela estrada, pensei no recado que o pai de Wag tivera a gentileza de me dar: "Se estiverem perto da casa, dê-lhes ferraduras; se houver uma bola de morcego, use um borrifador. Ele acha que temos um borrifador no depósito de ferramentas". Fácil, sem dúvida. Eu possuía uma ferradura, mas só isso; e poderia explorar o depósito de ferramentas e tomar emprestado um borrifador. Mas mais ferraduras?

De repente, ouvi um guincho vindo da cerca e cutuquei com a bengala para verificar o que produzira o barulho. A ponta de ferro da bengala bateu em algo. Era uma velha ferradura! Claro que me fora indicada de propósito, por alguma criatura amistosa. Apanhei-a, e, para encurtar a história, os mesmos procedimentos me permitiram aumentar a coleção para quatro. Julguei, então, que seria prudente voltar.

Quando retornei para o jardim nos fundos e vi o pequeno barracão, ou depósito de ferramentas, ou sei lá o que fosse, assustei-me. Alguém saía de lá. Tossi, alto. A pessoa se virou, apressada. Era um velho de colete, disfarçado para dar a impressão de "trabalhador", desconfiei. Tocou o chapéu educadamente e não demonstrou surpresa. Mas, para meu horror, segurava na mão o borrifador do jardim.

– Bom dia – cumprimentei-o. – Regando as plantas?

Ele sorriu.

– Só vim pegar isso emprestado da senhora. Com esse tempo, vêm muitas moscas às plantas.

– Imagino. A propósito, quantas ferraduras as pessoas perdem por aí! Quantas acha que encontrei hoje, na rua? Olhe só. – Mostrei-lhe uma, e a mão do homem se estendeu lentamente para tocá-la, como se não conseguisse controlar o movimento.

O rosto do velho se contorceu em uma careta horrível, e não sei o que ele ia dizer, mas, assim que sua mão tocou a ferradura, o homem deu um grito de dor, soltou o borrifador e a ferradura, virou-se com a rapidez de um jovem e sumiu atrás do barracão antes que eu pudesse ter uma ideia do que acontecera. Em vez de tentar segui-lo para ver aonde ia, apanhei o borrifador e a ferradura e quase os derrubei também. Ambos estavam quentes; o borrifador, muito mais. Mas esfriaram em segundos. Quando olhei ao redor, o velho já havia sumido.. Não sei se você sabe qual é o efeito de uma velha ferradura sobre esses seres. Ela é feita de ferro, que eles não suportam, mas, quando veem uma, ou pior, tocam, precisam percorrer toda a área por onde passou a ferradura desde que saiu das mãos do ferreiro. Entretanto, duvido de que a mesma ferradura funcione para mais de um bruxo ou bruxa. Guardei aquela e entrei na casa.

Sentei-me e fiquei matutando no que aconteceria em seguida e como me preparar. Ocorreu-me que não faria mal se pusesse uma das ferraduras em um lugar onde não fosse vista imediatamente. Debaixo do tapete no quarto, bem atrás da porta, não seria uma má opção. Coloquei-a lá e fui fumar e ler um pouco.

Uma batida à porta.

– Entre – falei, curioso.

Era a criada. Quando passou rapidamente por mim, ouvi-a resmungar algo a respeito de "lenços que precisavam ser lavados", mas a voz me pareceu estranha. Virei-me para olhá-la. Estava de costas para mim, mas o vestido, a altura e o cabelo eram os mesmos.

Ela entrou rapidamente no quarto e, de súbito, ouvi um grito como se dois gatos miassem de agonia! Só o que vi, então, foi a mulher dando um salto no ar, para logo cair de novo sobre o tapete, gritar novamente, encolher-se, pular e sair mancando do quarto até a escada. Foi só nesse momento que pude ver os pés da criatura: descalços, esverdeados e com membranas; e acho que tinham grandes bolhas brancas nas solas. Pela descrição, você pensaria que todos na casa ouviram o escândalo; mas não. Suponho que tenham ouvido tão pouco dela quanto das coisas que os pássaros diziam um ao outro.

– O próximo, por favor! – brinquei, enquanto acendia um cachimbo.

Creia-me, se quiser, não houve próximo. Tudo transcorreu normalmente, o almoço, a tarde, o chá, e ninguém me perturbou.

"Devem estar reservando para a tal bola de morcego", pensei. "O que será isso, afinal?"

Chegava a hora de acender velas, e a lua começou a aparecer. Assumi minha posição junto à janela, com o borrifador na mão e dois jarros no chão, cheios de água. E, se eu quisesse, poderia pegar muito mais no banheiro. A caixa de chumbo com os cinco jarros estava no lugar certo para ser banhada pelos raios do luar...

Mas não havia luar naquela noite. Por quê? O céu estava claro, sem nuvens. Entretanto, entre o orbe lunar e minha caixa, ocorria uma obstrução. Muito alto, no céu, esgueirava-se uma película oscilante, espessa o suficiente para projetar uma sombra sobre a área da janela; e, à medida que a lua subia no firmamento, essa obstrução ficava mais sólida. Parecia aos poucos se assentar em um local onde bloqueava completamente a luz do luar. Comecei a entender: era a bola de morcego, nada mais, nada menos que uma densa nuvem de morcegos que se aglomeravam até formar uma bola sólida, pronta para descer até se aproximar da janela. Não demorou muito e já estavam a pouco mais de uns trinta centímetros dela.

Carreguei o borrifador e disparei a água, o mais rápido que consegui. O efeito foi assustador. Centenas de morcegos guincharam ao mesmo tempo, dezenas deles se afastaram, com as asas molhadas demais para voarem, alguns caíram na grama, onde pulavam e se agitavam. Outros se refugiaram nos arbustos, um ou dois cambalearam até a trilha e de lá não se moveram; aquela foi a primeira tropa. Logo em seguida, surgiu outra. De ambos os lados, voavam para o coração da bola dois esquadrões de figuras em grande velocidade (apesar de não terem asas) e em posição horizontal perfeita, com os braços entrelaçados e estendidos à frente. Quase ao mesmo tempo, outros sete ou oito penetraram a bola do alto, como se fossem dardos. Os meninos saíram.

Parei de borrifar porque não sabia se a água os derrubaria também, como aconteceu com os morcegos. Entretanto, não demorou e ouvi o apelo deles:

– Continue, M! Continue!

Mirei novamente bem a tempo, pois um aglomerado de morcegos acabara de se destacar da bola e voava diretamente em minha direção. Meu disparo pegou o morcego do meio bem no focinho, e, virando o borrifador da esquerda para a direita, derrubei mais quatro ou cinco e desencorajei o restante. A bola, contudo, se restituía graças aos esquadrões, que se atrelavam a ela pelos lados e de cima para baixo (embora não no meio, como pude ver). Mas, apesar de fechar repetidas vezes, a bola diminuía gradativamente, e cada vez mais morcegos caíam sob a água borrifada.

De repente, senti algo subir em meu ombro, e uma voz disse-me rente ao ouvido:

– Wag diz que, se você conseguir atirar um sapato na fileira do meio, acha que acabará com todos. Consegue?

Creio que o mensageiro era Dart.

– Acho que ele quer dizer "ferradura" em vez de sapato – comentei.
– Vou tentar.

– Espere até sairmos do caminho – pediu Dart, e foi embora.

Dali a um instante, ouvi não o que esperava, um chamado da terra dos elfos, mas duas badaladas do sino. Vi os vultos dos meninos correr para cima, para a esquerda e para a direita, saindo da frente da bola de morcegos, e estes guinchando estrepitosamente, triunfantes pela retirada do inimigo.

Sobravam ainda duas ferraduras. Não tinha ideia de como elas voariam, e não confiava muito em meu poder de arremesso. Joguei-as de lado, como argolas. A primeira roçou o topo da bola, a segunda penetrou o meio. Algo que os morcegos no centro seguravam (alguma coisa mole) foi perfurado pela ferradura e estourou. Uma película fina formava uma bola, e dentro havia uma substância gelatinosa. O conteúdo se espalhou sobre alguns dos morcegos, que caíram assim que foram atingidos. Os demais se dispersaram em todas as direções, e a bola se desfez.

– Agora ande logo – disse uma voz, do parapeito.

Achei que entendia do que ela falava e olhei para a caixa de chumbo. Como que para compensar a perda de tempo, um raio do luar já abrira toda a parte por ele banhada, e tive de virá-la de lado, não muito devagar, para soltar a tampa inteira. Após purificar minhas mãos com água, fiz o experimento do quinto jarro, e, quando o guardei, um coro de aplausos me acompanhou, sob a janela.

Os jarros eram meus.

WAG EM CASA

Dessa vez, meus visitantes não escalaram até o parapeito. Voaram para dentro da sala como setas e se posicionaram onde bem entenderam: sobre a mesa, em meu ombro, sobre os livros...

Seria entediante reproduzir aqui cada palavra de cumprimento ou gratidão que lhes dirigi, e que também recebi, pois para eles era importante que os jarros não caíssem em mãos erradas.

– Ah, como é divertido voar novamente! – disse Wag, e disparou pelo ar verticalmente, voltou e mergulhou de cabeça atrás de Sprat (acho que era o nome), que estava de pé, rente à beirada da mesa. Sprat foi empurrado a quase meio metro para cima, mas voltou à posição original. Wag retornou ao livro e disse: – Meu pai diz que espera que você nos visite, agora. Diz que agiu muito bem, e achou ótimo quando a substância derramou, pois levará muitas luas até juntarem o suficiente de novo. Ele explicou que os morcegos pretendiam espirrar um pouco dela em você quando chegassem bem perto, e, enquanto se distraísse se limpando, eles a pegariam... – Apontou para a caixa dos jarros.

– Seu pai é muito gentil – comentei. – E, por favor, diga a ele que lhe agradeço, mas não sei como posso entrar em sua casa.

– Imagine só, não saber isso! – exclamou Wag. – Direi a ele que irá.

Wag saiu pela janela. Como de praxe, recorri a Slim.

– Bem, você passou um pouco no peito, não passou? – foi a pergunta do menino.

– Sim, mas não aconteceu nada.

– Acho que você pode ir a qualquer lugar agora, se pensar que pode.

– Posso voar?

– Não, creio que não. Se não podia antes, isso não mudou agora.

– Como vocês voam? Não vejo asas.

– Não, nunca tivemos asas. Acho bom que não temos, pois os seres com asas acabam fazendo coisas erradas. Apenas movemos as costas, e pronto. Assim. – Ele fez um movimento leve dos ombros e logo pairou no ar a uns dois centímetros da mesa. – Você nunca tentou? – perguntou-me.

– Não – respondi. – Exceto em sonhos – o que evidentemente nada significava para ele. – Bem, enfim – prossegui –, quer dizer que, se eu for à casa de Wag agora, poderei entrar? Mas veja meu tamanho!

– Parece impossível – Slim concordou. – Mas meu pai disse o mesmo que o pai de Wag.

Wag voou direto para o meu ombro.

– Vem conosco? – disse.

– Iria, se soubesse como.

– Ora, venha e tente.

– Muito bem. Qualquer coisa para agradar a vocês.

Peguei meu chapéu e desci a escada. Todos os outros me seguiram, se é que se pode dizer "seguir", já que voavam. Quando saímos para a trilha, Wag disse, mais sério que de costume:

– Você quer entrar em nossa casa, não quer?

– Claro, se é o que desejam.

– Então, está tudo certo. Venha por aqui. Lá está meu pai.

Pisamos na grama, e ela me pareceu tão alta, macia e úmida que atribuí ao orvalho. Quando me virei para vislumbrar o pai de Wag, quase tropecei em um tronco grande que alguém tivera o descuido de deixar ali. Mas lá estava o senhor Wag, a quase um metro de mim; e, para minha enorme surpresa, tinha a altura de um homem mediano, com expressão bem-humorada. Ambos nos curvamos em reverência, apertamos as mãos, e o senhor Wag me cumprimentou amavelmente pelo resultado dos acontecimentos da noite.

– Conseguimos nos livrar da inconveniência, vê? Sim, não se assuste – ele prosseguiu, segurando em meu cotovelo, pois certamente notara meu olhar de espanto.

Minha querida Jane, como você já deve ter imaginado, ele não tinha crescido, e sim eu é que havia encolhido até o tamanho deles.

– As coisas se arranjam sozinhas – ele falou. – Não terá dificuldade para voltar quando for hora. Mas entre, por favor.

Não espere que eu descreva a casa e os móveis, pois direi apenas que parecia combinar com o estilo de roupa dos meninos, ou seja, era a minha ideia de uma residência de um bom cidadão nos tempos da rainha Elizabeth. E não falarei dos trajes da senhora Wag. Basta dizer que ela não usava vestido com gola elisabetana. Wag, que flutuava no ar enquanto caminhávamos até a casa dele, acompanhou-nos andando. A altura dele chegava ao meu ombro. Slim entrou também. Era mais baixo.

– Você tem irmãs? – perguntei a Wag.

– Claro! – ele respondeu. – Não as viu? Ah, esqueci. Apareçam, suas tolas.

Três garotinhas apareceram, cada uma carregando uma espécie de camafeu no pescoço. Não, não adianta me perguntar como eram seus vestidos. Sei apenas que me cumprimentaram com uma reverência muito delicada, e, quando nos sentamos, a mais nova se acomodou sobre meu joelho, como se fosse a atitude mais natural do mundo.

– Por que não vi vocês antes? – perguntei a ela.

– Talvez por causa das flores em nosso cabelo.

– Mostre a ele o que significa isso, querida – pediu o pai. – Ele ainda não conhece os nossos costumes.

Obediente, a garotinha abriu o camafeu e tirou dele uma pequena flor azul, que parecia feita de esmalte, e a colocou nos cabelos, acima da testa. De repente, ela desapareceu, mas ainda senti seu peso em meu joelho. Quando a retirou de novo (pois, sem dúvida, fez isso), ficou visível, guardou a flor de volta no camafeu e olhou-me com um lindo sorriso. Claro que fiz inúmeras perguntas sobre aquilo, mas não espere que eu reproduza todas aqui. Ficar invisível daquele jeito era um privilégio que todas as meninas tinham até crescerem. Dependendo das circunstâncias, certamente os camafeus eram tirados delas, assim como os meninos eram impedidos de voar, como já vimos. Os familiares, porém, sempre as viam, ou pelo menos enxergavam as flores nos cabelos, e uma também via a outra.

Mas, pelos céus! Quanto devo contar da conversa daquela noite?

Pelo menos uma parte: lembrei-me de perguntar sobre as imagens do passado nos lugares por onde eu passava. Era obrigado a vê-las, fossem elas agradáveis ou horríveis?

– Ah, não – disseram. – Se fechar os olhos por baixo – isso significava erguer as pálpebras inferiores –, se livrará das imagens. E só as verá se quiser esvaziar a mente, não pensando em nada específico. É aí que começam a aparecer, e não dá para saber desde quando. Depende de quão zangadas, agitadas, felizes ou tristes as pessoas estavam quando a cena aconteceu.

Isso me lembra de outra coisa. Wag estava muito agitado enquanto conversávamos e voava até o teto e de volta, andava sobre as mãos, e fazia coisas assim, quando sua mãe o chamou:

– Querido, aquiete-se. Por que não pega um espelho e se diverte com ele? Aqui está a chave do armário.

Ela jogou a chave para o filho, que a apanhou e correu até um armário alto, do outro lado da sala, e o abriu. Após cantarolar e remexer um pouco, tirou de uma prateleira um objeto parecido com uma tábua, sobre o qual havia um número.

– Qual escolheu? – perguntou a mãe.

– Aquele que não terminei ontem, sobre o dragão.

– Ah, é muito bom – disse ela.

– Gostei demais até a parte onde parei – o menino explicou, e começava a se acomodar no outro lado da sala quando perguntei se poderia vê-lo.

Ele trouxe o objeto até mim.

Parecia um espelho pequeno e emoldurado. A moldura tinha um ou dois botões, ou pequenos interruptores. Wag o colocou em minha mão, ficou atrás de mim e apoiou o queixo em meu ombro.

– Aqui foi onde parei – disse. – Ele está passeando pela floresta.

À primeira vista, achei que olhava para uma cópia muito boa de um quadro. Era um cavaleiro montado, trajando uma armadura bastante gasta. O cavalo era um lindo espécime branco, do tipo que puxa carruagens, mas não tão "peludo no casco"; o cenário era uma floresta, basicamente de carvalhos; mas a imagem da vegetação era magnífica. Senti que, se olhasse, veria cada folha de grama ou de amoreira.

– Pronto? – perguntou Wag, e estendeu o braço para mover um dos botões. O cavaleiro puxou as rédeas, e o cavalo começou a trotar.

– Mas ele não pode ouvir, Wag – disse o pai.

– Achei que preferia o silêncio – explicou Wag. – Mas pode ter som, se quiser.

Deslizou outro botão, e comecei a ouvir o galope do cavalo e o ranger da sela e da armadura, bem como o som da brisa que soprava pela floresta. Era como um cinema, Jane, é isso que você diria se visse. Sim, era. Mas com cores e sons, e pode ser carregado na mão. Não era uma fotografia, e sim uma imagem viva que a pessoa pode parar quando quiser e observar cada detalhe à vontade.

Bem, continuei lendo, enfim, aquele espelho. No teatro, se você vê um cavaleiro cavalgando na floresta, o efeito é produzido com um cenário deslizante que se move por trás do ator; e, no cinema, tudo pode ser encurtado quando se aumenta a velocidade ou se exclui parte do filme. Com aquele objeto não era assim; parecíamos acompanhar o cavaleiro a cada movimento. Dali a pouco, ele começou a cantar. Tinha uma voz alta e pronunciava cada palavra claramente, de modo que não tive dificuldade em entender a canção. Era sobre uma moça muito orgulhosa, prepotente, que não dava atenção aos galanteios dele; e só lhe restava, portanto, deitar-se sob uma árvore. Mas o cavaleiro parecia animado com a ideia, e nem sua expressão nem o jeito de olhar davam qualquer sinal de que sofria as dores de um amor não correspondido.

De repente, o cavalo se deteve e bufou, nervoso. O cavaleiro interrompeu a canção no meio de um verso, espiou o interior da floresta, depois olhou para o espectador e, por fim, atrás de si. Deu um tapinha no pescoço do cavalo, cantarolou em um tom baixo e vestiu as luvas da armadura, que estavam penduradas na sela. Conseguiu prendê-las, baixou a viseira, pegou o cabo da espada com uma mão e a bainha com a outra e afrouxou a lança na bainha. Mal acabaram esses procedimentos, o cavalo recuou violentamente e empinou; e do meio da mata, mais para o lado da estrada (parecia-me), algo se precipitou à frente do homem e pulou sobre a sela.

Todos prendemos a respiração.

– Não tenha medo, querida – disse a senhora Wag para a filha mais nova, que estava de olhos arregalados. – Ele está em segurança.

Devo dizer que não parecia. O monstro que saltara sobre a sela atacava com as garras, movendo a cabeça para trás e de novo para a frente, com uma força descomunal contra a viseira, e se encontrava tão perto que o cavaleiro não podia desembainhar, muito menos usar a espada. Era um animal horrível; evidentemente, um dragão jovem. Quando se apoiou na ponta da sela, a cabeça ficou à altura da viseira do homem.

Ele tinha quatro pernas curtas, com artelhos e garras longas. Agarrou-se à sela com as patas traseiras e atacava com as dianteiras, como expliquei. A cabeça era comprida, duas orelhas pontudas e dois chifres pequenos e pontiagudos. Além disso, a criatura possuía asas de morcego, com as quais golpeava o cavaleiro, mas a cauda era curta. O bicho era da cor de mostarda amarela. No momento, o cavaleiro se encontrava em desvantagem, porque o cavalo recuava, e o dragão partia para o ataque com toda a sua força. Entretanto, a crise não durou. O cavaleiro segurou a asa direita com as duas mãos e rasgou a membrana até a raiz, como se fosse um pergaminho. Dela jorrou sangue amarelo, e o dragão urrou pavorosamente. Em seguida, o cavaleiro agarrou com firmeza o pescoço do monstro e obrigou-o a soltar a sela. Girou o corpo do dragão no ar, apesar de pesado, primeiro para trás e depois para a frente, e suponho que o osso do pescoço se quebrou, pois, ao ser atirado no chão, estava inerte. O cavaleiro olhou para a criatura por um instante e, ao notar que se mexia um pouco, desmontou, com a rédea por cima do braço, puxou a espada, cortou a cabeça do monstro e a chutou a alguns metros de distância. Seu ato seguinte foi puxar a viseira para trás, olhar para cima, murmurar algo que não pude ouvir e, por fim, benzer-se com o sinal da cruz. Depois, disse em voz alta: "Onde o homem encontra um espécime de uma raça, pode contar que há mais". Ele montou novamente, tocou na cabeça do cavalo e galopou pelo caminho por que viera.

Não havíamos acompanhado o cavaleiro muito longe quando...

– Droga! – exclamou Wag. – O sino. – Deslizou por cima de mim, girou os botões na moldura do espelho, e a imagem do cavaleiro ficou parada.

Eu tinha muitas perguntas, mas não havia tempo de fazê-las. Despedimo-nos com um desejo de boa noite, e o senhor Wag me acompanhou até a porta da frente.

Iniciei o que seria uma caminhada longa pela grama dura em direção à casa enorme onde me hospedara. Suponho que não tenha levado muitos minutos até chegar à trilha. Quando pisei nela com todo o cuidado, pois era um caminho um tanto longo, sem o menor susto ou qualquer sentimento estranho, voltei ao meu tamanho normal. Fui dormir pensando muito nos eventos do dia.

Bem, comecei esta carta dizendo que lhe explicaria algo sobre as "notícias das corujas", e penso que já esclareci como pude narrar tudo o que fiz.

Exatamente do que falávamos quando mencionei as corujas, ouso dizer que nem você nem eu nos lembramos. Como vê, tive experiências muito mais excitantes do que uma mera conversa com elas. Interessantes e, penso, incomuns. Claro que minha narrativa não chega perto de tudo que se passou, mas talvez seja suficiente por ora. Falarei mais em outro momento, se você quiser.

As coisas no presente.

Hoje há certa frieza no relacionamento entre Wisp e a gata. Ele entrou em um buraco de rato que ela vigiava e a atraiu até lá com sons de ranhuras e outros ruídos. Quando a gata se aproximou (com grande cuidado para se manter silenciosa), o menino espiou para fora e lhe deu um grande sopro no rosto. Ela se sentiu afrontada. Entretanto, creio que a convenci de que o menino não quis lhe fazer mal.

A sala está cheia deles agora à noite. Wag e a maioria dos meninos ensaiam uma peça que querem encenar antes de eu ir embora. Slim, que não participa por enquanto, faz manobras na mesa enquanto me observa e tenta produzir um retrato meu que seja menos difamatório que o primeiro. Acabou de me mostrar a produção final, que ele acha ótima. Eu não acho.

Adeus. Despeço-me com a costumeira expressão de sentimentos.

Com carinho,
M (ou N).

M. R. JAMES

M.R. James (1862–1936) foi um escritor e estudioso medieval britânico. Suas conhecidas histórias clássicas de fantasmas têm um tema de Natal vitoriano. Embora James seja mais conhecido por suas histórias de fantasmas, ele produziu muitos trabalhos acadêmicos excelentes. Ele também é creditado com bibliotecas de catalogação em Oxford e Cambridge.

DONALDO BUCHWEITZ

Nasceu em Canguçu, RS, e estudou Filosofia e Teologia em São Paulo, onde fixou residência e mergulhou no mundo dos livros. Ele sempre contou – e conta – histórias para as filhas e faz do seu dia a dia acervo para suas muitas histórias. Ele é autor de diversos livros infantis, entre os quais *A ovelha rosa da dona Rosa*, *A Bruxa Chatuxa tinha medo da chuva*, *Zilhões de abelhas* e *A menina que acordava os monstros*.

BILL BORGES

Nasceu em uma pequena e charmosa cidade do interior paulista, Penápolis. Hoje, mora na grande e deslumbrante cidade de São Paulo.
É formado no Magistério e em Design. E gosta de dizer de coração e de mente apaixonada que é um "ilustrautor"; um ilustrador e autor, entrelaçando os riscos e rabiscos com as palavras, dentro de um livro. Tem seis livros autorais, desenha praticamente todos os dias, ilustrou muitos livros de literatura e alguns didáticos, mais de sessenta títulos. As ilustrações deste livro foram realizadas com consciência, recortes de revistas e um computador para rabiscar emoção, espertezas e detalhes.